AF236664

… und vergiss den Olli nicht

HANS WERNER KARCH

… und vergiss den Olli nicht

Bibliografische Information der Deutschen Nationalbibliothek:

Die Deutsche Nationalbibliothek verzeichnet diese Publikation in der Deutschen Nationalbibliografie; detaillierte bibliografische Daten sind im Internet über dnb.dnb.de abrufbar.

© 2022 Hans Werner Karch

Satz, Herstellung und Verlag: BoD – Books on Demand, Norderstedt

ISBN: 978-3-7557-2404-9

»Die Zukunft hat viele Namen:
Für Schwache ist sie das Unerreichbare,
für die Furchtsamen das Unbekannte,
für die Mutigen die Chance «

(Victor Hugo,, franz. Schriftsteller 1802-1885)

Kapitel 1

Kurz nachdem Küster die Grenze zu Österreich passiert hat, beginnt es zu regnen.

Immer mehr und auch größere Unheilwolken schieben sich zusammen. Dabei schwächen sie das Tageslicht fast bis zur Finsternis. Ab Bregenz weiter südlich kennt sich Küster nicht aus. Bis zu seinem Ziel sind es jetzt noch etwas weniger als fünfzig Kilometer, »wenn dieses nervige Navi recht hat«, knurrt er halblaut vor sich hin.

Eigentlich hätte er die Nervensäge – wie er die technische Neuheit abwertend nennt – überhaupt nicht gebraucht. Nun aber war das Gerät schon einmal in seinem neuen Wagen fest installiert und so macht er mittlerweile zunehmend Gebrauch davon –, wenn auch ziemlich missmutig.

»Wie kamen wir denn früher ohne diesen ganzen Schnickschnack zurecht? Gute Straßenkarte und Orientierungssinn, und das hat uns gereicht«, sagt er laut vor sich hin.

Je weiter er sich seinem Ziel nähert, umso besser wird das Wetter und die Sonne kommt noch hervor. Mittlerweile ist es fast 17 Uhr und Küster ist erleichtert, da er seine Ankunft in Vorarlberg zwischen 17 und 18 Uhr geplant hat.

Kurz vor Feldkirch kann er im letzten Moment das Hinweisschild auf das Hotel erblicken, in dem er sich mit

7

Caroline verabredet hat. Keine fünf Minuten später findet er noch einen der wenigen freien Parkplätze vor dem Hotel zum Bären. Mit Ausnahme des massiv erbauten Erdgeschosses ist das übrige ein vorwiegend aus Holz errichteter alter Kasten, mittlerweile halb Wurmfraß halb Romantik. Küster muss nach dem ersten Augenschein tief einatmen.

»Den vielen Autos auf dem Parkplatz nach zu schließen, scheint das Haus offenbar gut besucht zu sein. Mal sehen, wie es innen aussieht. Da könnte es nur noch besser werden,«sagt er sich. Als er die Lobby betritt, ist er in zweierlei Hinsicht angenehm überrascht. Die kleine Empfangshalle ist sehr geschmackvoll und stilsicher gestaltet. Kein überladener alpenländlicher Kitsch, der sich einem hin und wieder nahezu unerträglich aufdrängt. Die zweite Überraschung ist nicht zu überbieten. Am offenen Kamin, der unverständlicherweise nicht brennt, obwohl es in der Lobby doch ein wenig kühl ist, sitzt Caroline – vor sich einen Tee. Küster, der sie seit ein paar Jahren nicht mehr gesehen hat, geht sofort mit gezielten Schritten auf sie zu. Doch sie ist nicht nur hübscher, sondern schöner und reizvoller geworden, das will Küster ihr später gestehen.

Ihr dunkelrotes Haar hat sie zu einem dicken Zopf geflochten, der über ihre linke Schulter fällt. Die blauen Augen und die diskreten Sommersprossen auf beiden Wangen, in die sich Küster sofort verliebt hatte, runden ihr verführerisches Erscheinungsbild ab. Als er sich ihr nähert, kommt sie ihm entgegen. Anstatt eines förmlichen Händedrucks umarmt sie ihn und küsst ihn auf jede Wange.

»Wie schön, dass du es doch einrichten konntest. Ich freue mich wirklich. Es gibt viel zu erzählen, denn seit unserem letzten Treffen hat sich manches ereignet und einige Neuigkeiten habe ich erst vor wenigen Monaten erfahren. Darüber wollte ich gerne mit dir unter vier Augen sprechen. Doch check zuerst einmal ein. Danach wollen wir uns Zeit zum Reden nehmen. Für 20 Uhr habe ich uns einen Tisch im Restaurant reserviert.«

Beim Check-in will Küster seinen Beruf nicht angeben. Er hat die Absicht, als Privatperson hier in Vorarlberg und Liechtenstein, das gerade einmal zehn Minuten Gehweg vom Hotel entfernt ist, durch Wanderungen kennenzulernen. Der jungen Frau am Empfang erklärt er, dass er nur mit Küster, ohne Berufsbezeichnung angeredet werden möchte. Ihm ist bekannt, dass die Österreicher eine Vorliebe haben, den Nachnamen liebevoll mit einem Titel aufzuwerten. Fast inflationär wird übertrieben oft der Titel Doktor vergeben. Es scheint so, dass jeder oder jede, die eine höhere Schule besucht hat, grundsätzlich als Herr oder Frau Doktor angeredet werden muss, wobei es zweitrangig ist, ob er oder sie überhaupt einen Abschluss geschafft hat.

»Eigentlich eine Wohltat gegenüber der zunehmenden Verrohung und Verblödung der Sprache in Deutschland. Auf dem Boden einer zutiefst unterentwickelten Ausdrucksweise hat sich eine Schmelze aus Respektlosigkeit und Missachtung des Gegenübers herausgebildet, die, wenn sie mal erstarrt ist, als das Menetekel einer andersartigen Gesellschaft nicht mehr zu übersehen ist.« Sinniert Küster.

Er kann darin einen Ausdruck von Würdelosigkeit ablesen, die immer mehr um sich greift. Eine Entwicklung, die ihm mittlerweile große Sorgen bereitet, da sich Medien, die er früher als respektabel angesehen hat, auf den Weg gemacht haben, geradewegs in diesen Sumpf abzutauchen.

Caroline hat für ihn Zimmer Nummer fünf gebucht. Es liegt direkt neben ihrem Zimmer. Beide Appartements befinden sich im zweiten Stock und sind nach Südwesten ausgerichtet. Das Besondere an dieser Unterkunft ist, dass ihre Zimmer einen gemeinsamen Balkon teilen, den beide begehen können. Jetzt, Ende Mai, kann man ihn bereits benutzen, wenn man sich in eine dicke Jacke einhüllt.

Nachdem Küster seinen Koffer aus dem Auto geholt hat, begibt er sich auf sein Zimmer. Auch hier werden seine Erwartungen erneut übertroffen. Nach einer kurzen Inspektion von Dusche und WC, wobei er kurz Hände und Gesicht wäscht, begibt er sich Richtung Balkon. Hier wartet bereits Caroline auf ihn. Auf einem kleinen runden Tisch hat der Zimmerservice einen französischen Champagner, dazu zwei Gläsern serviert. Caroline trägt eine modische, dunkelblaue, gesteppte Outdoor-Jacke, denn der beginnende Abend schickt schon seine Kühle voraus.

»Zieh dir was Warmes an, sonst wirst du dir hier noch den Tod holen. Ich schenke derweil schon mal ein«, bemerkt Caroline besorgt.

Als Küster wenig später in seinem hellgrauen Norweger auf den Balkon zurückkommt, steht Caroline mit beiden

Champagnergläsern an der Balustrade und blickt in den Sonnenuntergang. Im rötlichen Licht der Abendsonne hat das Rot ihrer Haare einen anderen, zarten Ton und ihre Gesichtszüge erscheinen im Schimmer noch weicher gezeichnet. Küster bemerkt all dies mit den Augen eines frisch Verliebten. Ein Gefühl, das er schon lange nicht mehr hatte.

»Auf dich und deine Gesundheit und dass du noch weitere fünfzig Jahre so gesund bleibst! Ich weiß, du hast ja erst morgen Geburtstag, aber wir können gerne schon mal mit der Feier beginnen.«

Dann gibt sie ihm einen Kuss, aber dieses Mal mitten auf den Mund. Küsters tut überrascht. Insgeheim hat er jedoch auf so etwas gehofft. (Später wird er gestehen, sich sogar danach gesehnt zu haben.) Zu leidenschaftlich will er diesen ersten Kuss nicht erwidern. Das geht ihm nun doch etwas zu schnell mit seiner Schwägerin. In den fast zwanzig Jahren seit dem Tod seiner Frau und des Kindes hat er keine Frau mehr für so begehrenswert gehalten wie gerade jetzt Caroline, die Schwester seiner Frau.

Seine Ehe hatte gerade einmal vier Jahre gedauert, als seine Frau Johanna kurz nach der Totgeburt ihres Kindes an einer Fruchtwasserembolie verstarb. Küster verfiel danach in eine tiefe und länger anhaltende Melancholie. In den darauffolgenden Jahren las er sehr viel und wenn man ihn fragte, was er so liest, so bekam man nur die kurze Antwort »alles kreuz und quer«. In der Tat hatte er in dieser Zeit den Ruf, ein lebendes Lexikon zu sein. Mehr noch nahm man seine zunehmende empathische Gesinnung zur Kenntnis.

Die Gründe, weshalb Caroline sich mit ihm treffen will, sind vielschichtig. Vorausgegangen waren mehrere Telefonate und Briefe im vergangenen halben Jahr. Neue Einblicke in die Vergangenheit, besonders aus dem Leben der Großmutter, den Kriegsjahren und danach. Zu viele Fragen, auf die sie zurzeit keine Antworten weiß. Auch hofft sie darauf, dass Küster sie bei ihrer Erbschafts-Angelegenheit unterstützen kann.

Caroline ist ziemlich offen, besonders in allem, was die Privatsphäre und das Sexualleben berührt. Bereits zu Beginn seiner Beziehung zu Johanna hatte Küster diese Eigenheit Carolines bemerkt, und als sehr angenehm empfunden. (Bei Zusammenkünften ertappte er sich dabei, dass er beide Frauen immer wieder miteinander verglich.)

Er liebte Carolines ehrliche, nicht gestelzte und warmherzige Art, und manchmal fragte er sich, ob er sich mit Johanna wohl für die Richtige der beiden Schwestern entschieden habe. Aber Johanna hatte auch ihre Vorzüge. Dass sie fünf Jahre älter als ihre Schwester Caroline war, sah man ihr nicht an. Sie war attraktiv und besaß eine erstaunliche musikalische Begabung. Vielleicht hätte es bei ihr sogar zur Solo-Cellistin gereicht, wäre sie nicht 1995 nach einem Konzert in Berlin mit Freunden zum Reichstagsgebäude gepilgert, um die Verhüllung des Bauwerks durch Christo und Jeanne-Claude zu bewundern. Vielleicht hätte sie dann den Hauptkommissar Küster nicht getroffen. Vielleicht wäre sie nicht in Berlin geblieben. Vielleicht wäre sie nicht auf den glatten Gehwegen Berlins gestürzt. Vielleicht hätte sie sich nicht so einen komplizierten Armbruch zugezogen. Vielleicht hätte es sowieso nicht zur Solo-Cellistin gereicht.

So kam es aber, dass sie vor dem Reichstagsgebäude auf den jungen Polizeihauptkommissar Anton Küster traf, der seit Monaten mit der Sicherung der Verhüllungsmaßnahme beschäftigt war. Immer wieder gab es mehr oder weniger gewalttätige Proteste. Er konnte unendliche Geschichten über dieses Kunstwerk erzählen, auch dass er Christo und Jeanne-Claude persönlich kennenlernen durfte. Nachdem Johanna auch noch am dritten Tag Interesse an dem Objekt zeigte, wagte Küster den Vorschlag, ihr weitere Episoden zu erzählen. Ergänzend dazu würde er ihr auch beeindruckende Bilder zeigen, die in der Öffentlichkeit nicht bekannt seien. Da es dazu etwas Zeit und Muße bräuchte, wolle er sie gerne zu »seinem Italiener«, wie er ziemlich unbedarft das exzellente Ristorante Toskana nannte, einladen. Wenn er von »seinem Italiener« sprach, so wolle er damit Zuneigung und Bewunderung ausdrücken und auf keinen Fall »von oben herab« (In Kollegenkreisen wollte man ihm das schon mal unterschieben.) Das Essen an diesem warmen Juli-Abend war ausgezeichnet und die sich anschließende Erzählung über Christos Verhüllung, untermalt mit zahlreichen Fotos, zog sich fast bis Mitternacht hin. Der Wein und die fast südländische Stimmung in dem Gartenlokal bildeten, wenn auch unbeabsichtigt, den idealen Rahmen für zwei Menschen, die dabei waren, sich im Laufe des Abends näher zu kommen. Nach langen Überlegungen zog es Küster vor, an diesem Abend seine Gefühle noch nicht offen zu zeigen. Johanna hatte auch ohne Worte seine Liebeserklärung verstanden. Sein Blick, der hochrote Kopf, sowie die Unsicherheit beim Sprechen waren für sie bereits Indizien genug. – Sie kannte sich da aus.-

Später haben beide sehr oft über seine Begründung, dass er die Sache nicht »vergeigen« wolle, herzhaft lachen müssen, denn das könnte passieren, wenn er, für Johanna zu früh und wahrscheinlich unvorbereitet, seiner Erregtheit freien Lauf ließe. Über den Begriff »vergeigen« hatte sich die Cellistin wirklich amüsiert.

In den kommenden Wochen trafen sie sich öfter, denn nach dem Ende des Verhüllungsprojekts am 7. Juli hatte Küster mehr Zeit, die er mit Johanna verbringen konnte. Sie konnte ihre Cello-Probezeiten weitgehend selbst einrichten. Lange Spaziergänge am Wannsee wechselten mit Museums- und Theaterbesuchen ab. Sie fanden viele gemeinsame Interessen und dass sie sich liebten, musste nicht sonderlich ausgesprochen werden, auch dann nicht, wenn sie miteinander schliefen und all ihren Gefühlen freien Lauf ließen. »Dieser Sommer an der Spree sollte nie vergehen«, entfuhr es Küster an einem Sonntagmorgen, als beide auf der winzigen Terrasse seiner Wohnung frühstückten. Johanna, zunächst brüskiert, solch eine Plattitüde aus Küsters Mund zu hören, schwenkte genauso schnell ins Lager der Verständnisvollen, denn so banal wie diese Aussage war, umfasste sie doch all sein Glücksgefühl, das er an diesem Morgen offenbarte, aber nicht besser beschreiben konnte. Als er dann noch ergänzend eine seiner seltenen Komplimente hervorbrachte, in dem er seine Bewunderung ihres zar-

14

ten Gesichts, des diskreten Ansatzes von Mandelaugen und der dunklen langen Haare enthüllte, war sie wirklich beeindruckt. (Später gestand sie, dass sie in diesem Moment vielleicht auch diese oder eine ähnliche Phrase gewählt hätte, wenn sie nur mutig genug gewesen wäre.) Bei so viel Gemeinsamkeiten und Verständnis füreinander wuchs bei ihnen immer stärker der Wunsch nach einer festen Bindung. Aber ohne großes Tamtam, wie sie es wünschte.

Küster ist schon eine imposante Gestalt. Breitschultrig mit Riesenhänden und einem kantigen Gesicht, einer kräftigen Nase und etwas wulstiger Unterlippe. Die schiebt er öfter hin und her, sodass dieses Mienenspiel auf den ersten Blick irgendwie den Eindruck vermittelt, als würde er unentwegt über etwas nachdenken. Wird er daraufhin angesprochen, quittiert er die Frage mit einem breiten, nichtssagenden Lächeln, und dabei verschwindet die wulstige Lippe komplett. Dieser auf den ersten Blick hölzern wirkende Mensch ist in einem erzkatholischen Fünfhundert-Seelen-Dorf in Ostwestfalen aufgewachsen. Das hat ihn sehr geprägt. Ungerechtigkeit, Verlogenheit, fehlender Respekt gegen jedermann und gegen die Natur »bringen ihn schon mal auf die Palme« – Küster liebt solche Metaphern –. Lernt man ihn aber näher kennen, beweist er die – wie Johanna es gern beschrieb – Geschmeidigkeit eines Tanzlehrers. Er wurde aufgrund seines umsichtigen Verhaltens während der Reichstagsverhüllung vom Polizeipräsidenten hoch gelobt und als Leiter einer neu geschaffenen Abteilung eingesetzt. Seine Aufgabe bestand darin, Vietnamesen, die als Gastarbeiter in die ehemalige DDR gekommen waren, wieder in ihr Heimatland zurückzuführen. Der Plan war, dass bis zum Jahr 2000 mehr als 40.000 Vietnamesen Deutschland verlassen sollten. Dem frischgebackenen Abteilungsleiter gefiel diese Aufgabe, die er für die Politiker regulieren sollte, überhaupt nicht. Lange Zeit ging er mit seinen Gedanken allein umher, bevor er mit Johanna seinen inneren Zwiespalt besprach. Er konnte und wollte es nicht verstehen, dass man junge Menschen, die voller Erwartung waren, als man sie als Gastarbeiter holte, nach Jahrzehnten quasi zu unerwünschten Personen erklärte und ohne erkennbaren Grund in ihr Heimatland zurückführen wollte. »Waren die Menschen nicht als Gäste gekommen? So geht man doch nicht mit einem Gast um«. Diese Anschauung hatte er einmal laut im Kommissariat herausgebrüllt, was von den Mitarbeitern erstaunt wahrgenommen wurde. Diese Maßnahmen konnte er nur schwer mit seinem humanitären Verständnis in Einklang bringen. Viele dieser Menschen waren, bis auf wenige Einzelfälle, nie mit dem Gesetz in Konflikt geraten. Da kannte er ganz andere, selbst ernannte feine Leute aus der Halbwelt, die er gerne dorthin geschickt hätte, »wo der Pfeffer wächst«. Doch diesen schmierigen Gestalten war oft nur schwer beizukommen »und diese Herrschaften riskierten zudem noch eine dicke Lippe«. Mit solchen verbalen Ausbrüchen musste sich der Hauptkommissar hin und wieder richtig Luft machen. Anfangs war Küster begeistert von Berlin, der Stadt, den Menschen und allem drumherum, wie er sich mit Vorliebe ausdrückte. Die Freiheit

16

und Freizügigkeit haben ihren Preis, der wie die Mieten von Jahr zu Jahr hochgeschraubt wird. Mittlerweile bedrückte ihn mehr, als ihn beglückte. Johanna wollte er davon nichts erzählen.

Am Montag, den 20.November 1995 kam es zu einem gefährlichen Glatteis, das ganz Berlin in ein mittleres Chaos versetzte. Alle Straßen und Gehwege waren spiegelglatt. Etwas in Zeitdruck verließ Johanna überstürzt die Wohnung, um noch rechtzeitig den Bus zu erreichen. Nicht alle Gehwege waren zu dem Zeitpunkt geräumt und keine hundert Meter von der Wohnung entfernt konnte sie sich auf dem spiegelglatten Trottoir nicht mehr halten. Sie schlug so heftig auf, dass sie neben einer Gehirnerschütterung noch einen kompletten Unterarmbruch linksseitig erlitt. Da sie nicht sicher ansprechbar war, wurde sie mit einem Rettungswagen in die nächste Klinik gebracht.
Den Unterarmbruch hatte man umgehend operativ versorgt. Mehr Kummer bereitete den Ärzten die Gehirnerschütterung, da Johanna noch mehrere Tage »neurologisch auffällig« sei, wie Küster immer wieder zur Antwort bekam, sich darunter aber nicht viel vorstellen konnte. Weiter nachfragen wollte er nicht, da er sich sicher war, dass diese Angehörigen der Weißkittel-Zunft, die sich unentwegt am Bart kratzten, es auch nicht besser wüssten. – Soweit Küsters damalige Einschätzung der Mediziner. – Knapp zwei Wochen später wurde Johanna als komplett genesen entlassen. In den darauffolgenden Wochen klagte sie immer wieder über

17

Schmerzen im Handgelenk, die sie selbst nicht mit dem Bruch in Verbindung bringen konnte. Mit einiger Verzögerung entschloss man sich zu einer weiteren Röntgenkontrolle. Das Ergebnis war niederschmetternd.

Zwar waren die Bruchstücke der Unterarmfraktur weitgehend verheilt, aber im Bereich des Handgelenks war jetzt eine Kahnbeinfraktur erkennbar, die man bei der ersten Untersuchung glatt übersehen hatte. Als man ihr erklärte, dass Kahnbeinfrakturen sehr lange Beschwerden und Beeinträchtigungen der ganzen Hand nach sich ziehen würden, war ihr klar, dass dies wahrscheinlich das Ende ihrer Musiker-Karriere bedeuten würde. Zu dem körperlichen Schmerz kam jetzt ein unbeschreiblich größerer seelischer Schmerz hinzu. Als reaktive Depression beschrieben die Ärzte diesen Zustand. Es dauerte bis weit ins neue Jahr hinein, bis Johanna endlich Mut fasste und trotz anfänglicher Schmerzen wieder nach ihrem Cello griff. Bald war ihr klar, dass ihr der ganz große Wurf nicht mehr gelingen konnte, aber für ein gehobenes Kammerorchester würden ihre Fähigkeiten noch reichen.

Kapitel 2

Im Mai 1996 bezogen sie eine Wohnung in Wiesbaden-Biebrich. Küster wurde als Kriminalhauptkommissar im Landeskriminalamt eingestellt und Johanna erhielt eine befristete Anstellung am Staatstheater. Es folgten, wie sich Küster vereinfacht ausdrückte, glückliche Jahre, die sie die unangenehmen Tage in Berlin bald vergessen ließen.

Über ihre Zeit in Berlin sprachen sie noch öfter und dabei fielen ihnen immer wieder neue Details ein. So waren die »Berliner Tage« wie Johanna diese Zeit irgendwann einmal getauft hatte, immer wieder jung und lebendig.

Das Leben in Wiesbaden war unbeschwert und abwechslungsreich. Schnell hatten sie einen kleinen Freundeskreis. Johannas jüngere Schwester Caroline studierte Biologie an der Universität Mainz, was dazu einlud, dass sich die beiden Schwestern öfter trafen. Wenn dann Anton Küster, den Caroline schon damals gerne Toni nannte, mit dabei war, war die Stimmung unter den Dreien besonders ungezwungen und lustig. Küsters Gefallen an seiner Schwägerin war nicht zu übersehen.

Als dann Ende Februar 1999 Johanna den beiden eröffnete, dass sie schwanger sei, machte sich bei allen dreien eine ehrliche Vorfreude breit, die sich stetig steigerte, je näher der Entbindungstermin kam.

Am 3. November desselben Jahres wurde Johanna in

einem sehr schlechten Zustand als Notfall in die Klinik eingeliefert. Nach etwa zwei Stunden war Küster so allein und traurig wie nie zuvor.

Das Kind, ein Junge, war eine Totgeburt.

Trotz intensivmedizinischer Maximaltherapie überlebte seine Frau die schwere Komplikation einer Fruchtwasserembolie nicht.

Reanimationsversuche blieben ergebnislos. Wäre in diesen Stunden die Welt untergegangen, Küster hätte es nicht bemerkt.

In den kommenden Wochen und Monaten kümmerte sich Caroline sehr viel um ihn. Küster war tief beeindruckt von ihrer Fürsorglichkeit und versprach, dass er ihr dieses Mitgefühl nie vergessen werde.

Nach Ostern 2000 wechselte Caroline an die Leibniz-Universität nach Hannover, wo sie eine Doktoranten-Stelle in der Mikrobiologie antrat. Von da an wurden ihre Kontakte zwar seltener, aber sie brachen nie ganz ab. Caroline besuchte ihn manchmal spontan in Wiesbaden, wenn sie an der Universität in Mainz zu tun hatte.

Nun steht Toni Küster vor ihr. Ihre Freude und Bewunderung sind aufrichtig, denn Küster, gerade einmal fünfzig Jahre alt, könnte es mit seinem Schneid und seinem Auftritt bestimmt mit den meisten Vierzigjährigen aufnehmen, denkt sie, während ihr Blick gezielt auf ihn gerichtet ist. Sein blonder Bürstenhaarschnitt, ziemlich exakt auf Streichholzlänge geschnitten, hat keinen Scheitel und keine Richtung. »Keine Richtung ist auch eine

Richtung.« – Das hat er zumindest vor Jahren einmal behauptet –.

Er, wenn er gebraucht wird, kommt ohne Wenn und Aber. Und er kommt gerne. Caroline hat Küster, der mittlerweile entspannt in einem Korbsessel Platz genommen hat, die ganze Zeit über beobachtet. Dann wagt sie es doch, ihn aus seiner Gedankenwelt zu entreißen, in die er tief versunken zu sein scheint. »Du warst mit deinen Gedanken so weit weg. Das ist gut so und es macht auch nichts, wenn du mir schweigend gegenübersitzt. Ich kann mir denken, dass ich, wie auch Johanna, Teil deiner Rückschau waren. Vermutlich haben wir miteinander geredet und uns amüsiert so wie früher. Deine Stille und dein entspanntes Gesicht lassen darauf schließen.«

Küster hat mit einem großen Schluck den Rest des Champagners hinuntergespült und sich sofort ein zweites Glas eingeschenkt. Er betrachtet Caroline intensiv, aber ohne aufdringlich zu wirken, was erfahrungsgemäß schwierig ist.

Nicht selten wird aus einem zunächst neugierigen, liebevollen Blick der Bewunderung schon mal eine belästigende und zutiefst störende Fixierung, die im schlimmsten Fall zu einer echten Beleidigung führt.

- Küster bezeichnet so etwas schon immer als Stalking – Caroline erkennt in seinem angenehm weichen Anschauen den Blick eines wahrhaft Verliebten, und blendet dabei alles andere aus.

»Vielleicht erinnerst du dich noch an den Tag, kurz bevor du nach Hannover gewechselt bist?«, beginnt er. »Es war an einem der wenigen warmen Frühlingstage in Mainz. Wir hatten uns in der Universität verabredet. Seltsamerweise hatte ich mich glatt um eine ganze Stunde vertan. Da ich keine Idee hatte, was ich mit der angefallenen freien Stunde anfangen sollte, setzte ich mich in eure Vorlesung über »Parasiten und deren Bedeutung«. Du saßest vier Reihen vor mir, nahmst mich aber nicht wahr. Vieles in dem Vortrag habe ich nicht verstanden, aber das Wesentliche hat mich sehr beeindruckt.

Anschließend beim Essen in dem neuen China-Restaurant, das nach noch nicht einmal einem halben Jahr wieder geschlossen wurde, hatten wir eine lange Unterhaltung. Die Vorlesung an diesem Nachmittag war unser führendes Gesprächsthema. Diesen Tag habe ich nicht vergessen. Bestimmt nicht, weil ich mir an diesem Abend eine »schöne« Lebensmittelvergiftung zugezogen hatte. In dieser Nacht verbrachte ich mehr Stunden auf dem Klo als im Bett. Glücklicherweise hattest du nicht das Fischgericht genommen. Zugegeben – bei all diesen wässrigen Durchfällen und Bauchkrämpfen hatte ich gehofft, dass meine eigenen Darmbakterien, die an diesem Mittag noch von Professor Kaiser in seiner Vorlesung als nützliche Parasiten bezeichnet worden waren, den Kampf gegen die Krankheitserreger aus dem chinesischen Küchentopf bald gewinnen würden. Aber die gemeinsamen Stunden mit dir entschädigten mich. Deine weichen Blicke, deine sanfte Stimme, der feste Griff nach meiner Hand, dem ich mich nicht entziehen wollte. Glück kann man bestimmt nicht besser beschreiben.«

Nachdenklich hört Caroline seinen Ausführungen

zu, und sie genießt die unvergleichlichen Gespräche mit ihm, die sie in den vergangenen Jahren oft vermisst hatte. Küster ist nicht nur ein guter Erzähler – wobei dieser Begriff für ihn eher einer Abwertung gleichkäme –, er zählt zu den guten Unterhaltern. Er kann nicht nur gut vortragen, sondern beweist sich auch als interessierter Zuhörer. Das schwierige und sehr umfangreiche Thema über Parasiten und deren Nützlichkeit für den Menschen konnte sie ihm an jenem Abend gut erklären. (Das hat er zumindest hinterher behauptet)

Ihr ist auch noch der Tag in Erinnerung, als sie sich in Hannover trafen. Sie war mitten in ihrer Promotion und Küster war zu einem Vortrag in der Polizeischule eingeladen. Als Caroline ihm damals etwas verklemmt zu erklären versuchte, dass ihre Doktorarbeit etwas mit Schwanzlurchen zu tun habe, war sie angenehm überrascht, als er intensiv danach fragte. Die meisten ihrer Bekannten konnten mit der Tierspezies Schwanzlurch nichts anfangen und wollten darüber auch nichts wissen. Das Tier fanden sie einfach nur ekelig, obwohl sie noch nie eines dieser Art gesehen hatten. Erst als sie erklärte, dass unser einheimischer Feuersalamander auch zu dieser Gattung gehört, fanden ihn die meisten dann plötzlich »ganz süß«, obwohl keiner von ihnen je einen Feuersalamander gesehen hatte.

Kapitel 3

Die unbeschwerte Unterhaltung über Anekdoten ihrer gemeinsamen Vergangenheit, wobei nur ein kleiner Teil zur Sprache kommt, hat dazu geführt, dass sie fast ihr Abendessen vergessen hätten. Schnell verschwinden sie, jeder in seinem Zimmer, und kurz vor 20 Uhr steht Caroline wieder auf der Balkonseite, die zu Toni Küsters Logis gehört. Küster ist noch dabei, sich umständlich eine Krawatte umzubinden, was ihm selbst beim dritten Versuch immer noch nicht so recht gelingen will. (Er hat keine Übung mehr mit diesem Detail der Herrengarderobe.)

»Lass doch den Schlips einfach weg! Das ist heutzutage auch Mode. Du bist in deinem »Dunkelblauen«, damit meint sie den Anzug, »auch so schon schick genug.«

Als Caroline dann aus dem Dunkel des Balkons in Küsters Zimmer tritt, ist dieser von ihrem Aussehen beeindruckt. Mittlerweile hat sie ihr rotes Haar zu einem eindrucksvollen Dutt zusammengeknotet, den eine goldene Nadel fixiert. Ihr Gesicht hat kein Make-up. Nur ein zartrosafarbener Lippenstift unterstreicht die entspannte Miene. Um den Hals trägt sie eine zartgliedrige Goldkette, an der ein goldenes Medaillon hängt. Ihr ärmelloses dunkelblaues Etuikleid betont mit seinem schlichten, schnörkellosen Schnitt und dem spitz zulaufenden Dekolleté ihre Figur noch stärker.

Küster hat den Eindruck, als ob sich die ganze Freude

in diesem einen Raum sammelt. Dann kommt spontan ein trockenes »Donnerwetter« aus ihm heraus – mehr nicht –. Caroline muss laut lachen, denn solch ein knorziges Kompliment (so hat sie es später einmal bezeichnet) hat man ihr noch nie gemacht.

Sie weiß, dass Toni nicht zu den elegantesten Schmeichlern gehört, aber diese Aussage ist so überzeugend ehrlich.

Kurz nach 20 Uhr betreten beide das Hotelrestaurant. Am Eingang wartet bereits der Chef de Salle, der sie zu einem der reservierten Tische begleitet. Der Chef-Kellner, ist ein hochaufgeschossener dünner Kerl mit einem unsteten scharfen Blick. Seine Augen sind ständig in Bewegung und observieren den großen Raum. Mit seiner äußerst sparsamen Mimik vermittelt er keine Empathie. (Die will er auch nicht)

»Diesem Adlerauge wird so schnell nichts entgehen«, bemerkt Küster. Caroline schmunzelt, denn »Adlerauge«, wie sie den Chef de Salle von nun an für sich nennen, hat in der Tat eine schlanke, gebogene Nase ähnlich dem Schnabel eines Greifvogels. Darunter trägt er einen schmalen Oberlippenbart, den er exakt gestutzt hat. Sein Haupthaar ist ebenfalls akkurat kurz geschnitten und mithilfe eines Gels streng nach hinten gestylt. Am linken Ohr trägt er einen goldenen Ring. Insgesamt vermittelt der Schlacks, dass er den totalen Überblick hat. Und in der Tat begrüßt er die beiden mit Namen, obwohl er Küster noch nie gesehen hat. Bei Caroline weiß man das noch nicht. Als er ihr diskret einen kleinen, sorgsam gefalteten Zettel in die Hand drückt, ahnt Küster, dass da

25

doch irgendeine Verbindung bestehen könnte. Am Tisch angekommen, der eigentlich für vier Personen gedacht, aber nur für zwei Gäste eingedeckt ist, drückt Caroline ihm etwas in die Hand. Das geschieht so unauffällig, dass Küster Mühe hat, den dezenten Vorgang zu verfolgen. Er ist sich sicher, dass beide nicht zum ersten Mal solch einen heimlichen Tauschverkehr durchziehen. Nachdem der Kellner die Kerze angezündet hat, deutet er eine Verneigung an und spricht in einem Deutsch, aus dem Küster einen slawischen Akzent herauszuhören glaubt. Dann wünscht er den beiden einen angenehmen Abend und entfernt sich mit herausfordernden eleganten Schritten, die einen Anflug von Überheblichkeit haben, wieder zu seinem kleinen Tresen am Eingang. Dort angekommen, nimmt »Adlerauge« wieder seine Beobachtungsposition ein. Der große Raum ist nahezu komplett besetzt. Nur noch wenige Tische sind frei, und die sind ausnahmslos mit Reservierungskarten belegt, was Küster erneut ins Staunen versetzt. Er, der beim ersten Blick vom Äußeren des Hotels unangenehm überrascht war, hätte früher gerne einmal den Begriff einer abgewrackten Bleibe dafür gewählt. Jetzt hat er mit dem ganzen Ambiente seine Schwierigkeit. Er kann diese Diskrepanz, die zwischen Interieur und Außenansicht an diesem Hause besteht, nur schwer einordnen. Die Inneneinrichtung ist geschmackvoll und hochwertig ausgestaltet. Kein bombastischer Alpenländlicher Stil. Das Personal läuft nicht in Tiroler Tracht umher, wie man das fast überall in der Region antrifft. Sie stellen fest, dass hier internationaler Schick dominiert. Caroline kennt genau Küsters skeptisch umherschweifende Blicke. Nachdem eine Kellnerin unaufgefordert eine Flasche 1985'er Chateau-Neuf-du Pape serviert hat, den Küster kurz probiert, räuspert sich Caroline. »Ich denke, ich muss dir jetzt wirklich einiges erklären. Erstens, du sollst heute Abend mein Gast sein und schlag mir das bitte nicht aus, denn es ist alles schon vorbereitet und es macht mir wirklich Freude, mit dir deinen Geburtstag zu begehen. Finanziell ist das kein Akt für mich, aber dazu später. Du wunderst dich, dass wir hier so bevorzugt behandelt werden. Das hat gute Gründe, die will ich dir nach dem Essen ausführlich darlegen«. Mittlerweile haben zwei Kellner den Zander mit einer Riesling Sauce serviert. Daneben verlieren sich ein paar kleine Karotten. Als Caroline mit Küster anstößt, bemerkt sie: »Entschuldige bitte, dass ich zum Fisch keinen Weißwein geordert habe, aber ich weiß noch von früher, dass du einen guten Roten bevorzugst und dieser »Franzose« sollte auch sehr gut zum Fisch passen, so hat man mir versichert«. In der Tat, Küster ist ganz begeistert von dem edlen Tropfen. »Dieser Chateau-Neuf-du Pape ist wirklich nicht von Pappe!«, bemerkt er schmunzelnd, denn er liebt solch kleine Spötteleien. Nach dem Hauptgericht, einem Hirschbraten mit Klößen und Rotkohl – übrigens Küsters Leibspeise – verzichten beide vorerst auf das Dessert.

»Unsere bevorzugte Behandlung hier hat mit meiner besonderen Beziehung zu diesem Hotel zu tun«, beginnt Caroline. »Sagt dir der Name Olli Germann etwas?«, fragt sie ihn. »Ich erinnere mich schwach, dass Johanna irgendwann einmal einen »Olli« erwähnt hat. Aber nur

27

kurz. In welchem Zusammenhang das war, weiß ich nicht mehr.« »Nun, dieser Olli German hat etwa 1980 dieses Hotel gekauft. Es war eine alte Klostermühle und nahezu eine Ruine. Von außen ist dieser Charakter immer noch dominant. Umbau oder Renovierungsarbeiten gestalten sich schwierig, denn da müssen sich die Besitzer mit dem Amt für Denkmalschutz arrangieren. Aber innen haben sie viel investiert und einen guten Geschmack bewiesen. Als wir Kinder waren, haben Johanna und ich geglaubt, dass unsere Mutter Anna-Maria noch einen älteren Bruder Olli gehabt hätte, was aber nicht stimmt. Anfänglich hat uns Onkel Olli, wie wir ihn nannten, hin und wieder noch besucht. Im Laufe der Jahre wurden die Kontakte immer seltener. Ungefragt hat unsere Mutter nie viel über ihn gesprochen. So verloren wir ihn aus den Augen. Sehr zum Kummer unserer Großmutter. Sie nannte ihn immer »meinen Jungen«, dabei gibt es noch nicht einmal entfernt verwandtschaftliche Verhältnisse zu Onkel Olli. 1965 heiratete er die Hotelfachfrau Valerie van Dorn, mit der er mehrere Jahre in einem Hotel in Belgien gearbeitet hatte. Er ist ein dekorierter und leidenschaftlicher Koch. Die Tochter aus dieser Ehe, Heide Germann, heiratete einen Iwo Novak, einen Flüchtling aus Kroatien. Nebenbei bemerkt ist »unser Adlerauge« sein Cousin. Iwo Novak nannte die alte Klostermühle zunächst in van Dorns Mühle um, und seit vier Jahren heißt der Betrieb »Hotel zum Bären« mit dem angeschlossenen Restaurant »van Dorns Mühle«. Übrigens hast du seine Frau Heide beim Check-in kurz gesehen.

Sie war die Frau im Hintergrund an der Rezeption. Du fragst dich jetzt, was Olli mit unserer Familie zu tun hat. Das ist eine sehr lange und teilweise auch sehr traurige Geschichte. Von meiner Großmutter Erika Hohenfels gibt es neben Briefen noch Tagebücher, die teilweise nicht vollständig sind, aber durch ihre ergänzenden Erzählungen wird das Schicksal unserer Familie lebendig. Kurz vorweg, im Frühjahr 1945. Meine Großmutter war mit meiner Mutter, die damals gerade vier Jahre alt war, und Olli, der sechs Jahre alt war, auf der Flucht vor der Sowjetarmee. Während dieser Zeit kam es zu einem Zwischenfall, bei dem Olli das Leben meiner Großmutter gerettet hat. Dazu aber später. Du erinnerst dich sicherlich noch an sie, sie ist kurz vor Weihnachten 2010 verstorben. Etwa zwei Wochen vor ihrem Tod hat sie einen Brief an mich geschrieben, den ich aber erst nach ihrem Tod öffnen dürfe. Als hätte sie den baldigen Abgang geahnt. In diesem Brief bittet sie mich eindringlich, unbedingt wieder Kontakt zu »Onkel Olli« aufzunehmen. Das ist der Grund, warum wir uns hier treffen. Morgen gegen 11 Uhr sind wir mit ihm in seinem Büro verabredet. Mehr will ich dir dazu noch nicht sagen, aber es kann spannend werden.«

Mittlerweile haben fast alle Restaurantbesucher das Dessert hinter sich gebracht. Kurz danach versucht sich eine Pianistin in einer leisen und unaufdringlichen Mischung aus Tanz und Unterhaltungsmusik. (Was ihr bedauerlicherweise nur schwer gelingt.)

»Würde es dir etwas ausmachen, wenn wir uns zurückziehen, sobald die Flasche leer ist. Die lange Fahrt und der Wein haben mich müde gemacht. Morgen früh will ich ausgeschlafen sein, wenn wir Onkel Olli treffen.«

Caroline, bei der der Champagner und der »Rote« ebenfalls Wirkung gezeigt haben, gefällt der Vorschlag und keine halbe Stunde später sind beide in ihren Zimmern verschwunden. Um 8 Uhr haben sie sich zum Frühstück verabredet.

Kapitel 4

Als sich die beiden am Frühstücks-Buffet treffen, könnte die Stimmung nicht besser sein. Ein klarer Himmel lässt der Sonne die Möglichkeit, den Frühstücksraum hell und freundlich zu bescheinen. Angeregt durch die gelöste Stimmung, die im ganzen Raum herrscht, der mittlerweile fast komplett besetzt ist, genießen sie an einem Fensterplatz ihr gemeinsames Frühstück. Von hier aus haben sie eine offene Aussicht auf den nahen Gebirgszug. Seit Jahren frühstückten sie jeder für sich allein. In den seltenen Fällen, in denen sie mal in Hotels zusammen mit anderen Gästen am Tisch saßen, waren sie auch irgendwie allein! »Wie habe ich dieses gemeinsame Frühstück genossen«, gesteht Caroline nach kurzer Pause, dabei entnimmt sie ihrer Handtasche ein Briefcouvert. »Ich habe dir den letzten Brief meiner Großmutter mitgebracht. Wenn du willst, kannst du ihn ja nach dem Frühstück lesen.«

»Aber gern. Ich bin gespannt. Er wird mir doch den schönen Morgen nicht vergrämen?« Caroline schiebt ihm das Couvert langsam hin. Voller Erwartung, wie er den Inhalt des Briefes beurteilen wird, blickt sie betont auffällig aus dem Fenster und spielt nervös mit dem Kaffeelöffel, den sie zwischen Daumen und Zeigefinger hin und herdreht (was normalerweise nicht ihre Art ist).

»Ich glaube, ich habe jetzt den Gebirgsbach gesehen, der früher einmal die alte Klostermühle angetrieben hat – Oh, entschuldige bitte, ich wollte dich ja nicht stören«, wirft Caroline ungeduldig dazwischen. Nach ein paar Minuten hat Küster den Brief gelesen und zusammengefaltet. Mehrfach tief ein und ausatmend kommt dann nur:»Das ist ja ein Ding!«

»Wie bitte, das ist ja ein Ding! Mehr hast du dazu nicht zu sagen? Anton Küster! Der Mann, der auf so viele Fragen fast immer gute Antworten weiß. Dieser Mann gibt mir eine so erbärmliche Antwort auf ein derart wichtiges Schreiben. Ich muss dir sagen, ich bin nicht nur leicht empört, sondern auch enttäuscht. Ich dachte, ich mache dir eine Freude. Oder nennen wir es auch Vorfreude. Hast du den Brief vielleicht nicht verstanden? Liegt es vielleicht an der Handschrift?« Küster hat jetzt einen hochroten Kopf, denn diese Reaktion hatte er nicht erwartet. Er muss sich sammeln. Eine Antwort, die auch eine Entschuldigung sein soll, muss gut überlegt und formuliert werden. Er kennt aus Verhören, wie schnell dann solche Situationen außer Kontrolle geraten können. Hier ahnt er auch schon eine leicht explosive Stimmung, die er jetzt dringend im Keim ersticken muss. In seinem bekannt ausgeglichenen und beschwichtigten Ton versucht er die Spannung zu mindern. »Liebe Caroline, es tut mir wirklich leid, wenn ich dich durch meine Äußerung gekränkt und verärgert haben sollte. Das war nicht meine Absicht. Ich war nur sehr überrascht über den Inhalt des Briefes und mir kam das einfach so über die Lippen – ganz spontan. Natürlich freue ich mich auch, ich hoffe, dass du mir verzeihst.« Dann nimmt er ihre Hand und drückt sie fest. »Verzeih bitte!«

»Schon gut, ich hatte mich beim ersten Lesen des Briefes riesig gefreut und so, glaubte ich, müsste es dir auch ergehen. Schwamm drüber. Vielleicht sollte ich nicht immer so viel erwarten.«

Dann beugt sie sich über den Tisch und gibt ihm einen Kuss. An Küsters Gesichtsröte hat sich nichts geändert, sie hat eher noch zugenommen und er beginnt zu schwitzen. Auf seiner Stirn treten kleine Schweißperlen aus und bevor er mit einem längeren Räuspern den nächsten Satz beginnen kann, kommt ihm Caroline zuvor.

»Sag mal, geht es dir nicht gut? Dein Kopf wird ja immer röter. Du wirst doch wohl keinen Schlaganfall bekommen. Sollen wir nicht auf unsere Zimmer gehen, und sollen wir nicht doch nach einem Arzt rufen?«

»Es reicht schon, wenn ich mich mal kurz hinlege«.

Caroline begleitet ihn auf sein Zimmer und während Küster auf dem Bett liegt, hat sie ihm eine kalte feuchte Kompresse auf die Stirn gelegt.

»Das tut gut. Ein altes Rezept von meiner Großmutter aus ihrer Zeit an der Ostfront. Billig, einfach und fast immer hochwirksam.«

Caroline spürt, dass er sich mit irgendwelchen Gedanken beschäftigt. Sie legt sich neben ihn aufs Bett und nimmt seine Hand. Beide schweigen lange vor sich hin. Dann unterbricht Caroline die quälende Stille

»Wo ist das Problem? Willst du mit mir darüber reden?«

Aus dem Augenwinkel erkennt Caroline, wie einzelne Tränen über Küsters Wangen laufen. Etwas heiser und sehr leise beginnt er:

33

»Das Problem bin wahrscheinlich ich selbst. Hätte ich dir vielleicht schon gestern gesagt, dass es nicht nur eine gute Freundschaft ist, die mich mit dir verbindet, sondern dass ich weit mehr für dich empfinde, dann hätte dieser Brief nicht diese Wirkung gehabt. Wenn ich nun heute meine Liebe zu dir gestehe, dann hat das – ob man will der nicht – den Eindruck von berechnendem Verhalten. Verstehst du mich? So bin ich nicht! So denke ich nicht! Und so will ich niemals sein!«

Caroline ist jetzt näher an ihn herangerückt und Küster gefällt es, wie er behutsam von ihrem Oberkörper halb bedeckt wird. Eng umarmt küsst sie ihn.

»Niemals wäre ich auf den Gedanken gekommen, dass deine Liebeserklärung, wie holprig sie auch immer daherkommen mag, berechnend sein könnte. Wir kennen uns lange genug. Du bist ein ehrlicher Mensch und eine Zukunft mit dir könnte ich mir schon gut vorstellen. Das Finanzielle wollen wir mal ganz ausklammern.«

Nach dieser Erklärung entspannt sich Küster immer mehr.

»Du kannst noch eine halbe Stunde ausruhen, während ich mich für Onkel Olli hübsch mache, der mag so etwas auch noch im Alter.«

Dann verschwindet Caroline in ihr Zimmer. Kurz vor 11 Uhr betritt sie Küsters Zimmer über den gemeinsamen Balkon. Küster sitzt wartend auf seinem Bett. Er hatte in der Tat eine halbe Stunde tiefentspannt geschlafen. Mit einer gewissen Vorfreude gehen die beiden zu ihrem Treffen mit Onkel Olli.

Onkel Olli, mittlerweile 81 Jahre alt, hat immer noch

volles Haar, das inzwischen schlohweiß entfärbt ist. Sein Gesicht zeigt nur wenige Falten. Über der linken Augenbraue hat er eine auffällige alte Narbe. Jedem, den er mag, erklärt er, dass dies eine alte Kriegsverletzung sei, dazu schmunzelt er immer ein wenig. Für Menschen, die ihm nicht behagen, soll dieses Relikt ein Geheimnis bleiben. Als die beiden den Raum betreten, quält sich Olli aus seinem Sessel hinter dem Schreibtisch hervor. Er umarmt Caroline und gibt ihr einen Kuss auf jede Wange. Küster schüttelt er kräftig und lange die Hand.

»Caroline, wie freue ich mich, dich nach so vielen Jahren wiederzusehen. Du wirst ja in der Tat immer hübscher. Und es freut mich auch sehr, deinen Begleiter kennenzulernen. Ich darf doch Toni sagen, Caroline hat mir den Vornamen schon vorab mitgeteilt. Du bist einer, der auf Gangsterjagd geht, nicht wahr? Im und auch noch nach dem Krieg habe ich oft richtig Räuber und Gendarm gespielt. Ich war ein echter Räuber, und die Gendarmen waren auch echt, aber sie waren auch Räuber. Wer damals kein Räuber war, war schnell mal verhungert. Das war kein Spiel. Heute, im Überfluss, gibt es immer noch Räuber und wie ich sehe und höre, ganz gewaltige. Und Gendarmen gibt es auch noch, hoffentlich keine »Räuber Gendarmen« wie früher. Als junger Kerl dachte ich, wenn dieser Hunger mal vorbei ist, braucht es auch keine Räuber mehr. Das war sehr naiv gedacht. Wie mir Caroline geschrieben hat, bist du der Ehemann von Johanna, die leider so früh verstorben ist«.

Mittlerweile haben alle drei unweit des Schreibtischs in breiten Ledersesseln Platz genommen, die um einen kleinen Tisch angeordnet sind. Kaffee wolle man keinen mehr, da man ja gut gefrühstückt habe, erklären sie gleich der Kellnerin, die wie aus dem Nichts im Arbeitszimmer aufgekreuzt ist.

»Olli hat sicher noch das Heft in der Hand«, sagen sich beide.

»Onkel Olli, Oma hat mir kurz vor ihrem Tod einen Brief geschrieben, den ich erst später lesen sollte. Darin hat sie mich gebeten, unbedingt wieder Kontakt mit dir aufzunehmen. Nachdem du den Brief gelesen hast, wollen wir die Gründe für unseren Besuch besprechen.«

Als Caroline ihm den Brief überreichen will, macht er eine abwehrende Handbewegung,

»Tut mir leid, aber du musst mir den Brief vorlesen. Meine Augen sind so schlecht, dass das Lesen oder Fernsehen fast unmöglich ist. Auch Brillen helfen in meinem Fall nicht mehr.«

Caroline entnimmt den Brief dem Couvert und beginnt.

Meine liebe Caroline,
nach dem frühen Tod deiner Schwester Johanna bei der Todgeburt ihres Kindes dachte ich, dass nichts Schlimmeres mehr passieren könnte. Als dann eure Mutter, meine liebe Anna-Maria, das Liebste, was ich hatte, auch noch bei einem Verkehrsunfall in der Türkei ums Leben kam, wollte ich nicht mehr leben. Aber ich habe so vieles in meinem Leben erlebt und durchlebt, dass ich nicht aufgeben werde. Jetzt spüre ich, wie langsam mein Lebenslicht erlischt. Ich merke, dass ich nicht mehr viel Zeit habe.

Du bist mein einziger Nachkomme und ich möchte dich um einen großen Gefallen bitten. Wie du weißt, ist vor einigen Monaten mein einziger Schwager, Sebastian, gestorben. Er war der alleinige Erbe der Zahnrad-Fabrik Walther. Seine Ehe war kinderlos und so hat er sich nach dem frühen Tod seiner Frau ganz in die Arbeit vertieft. Bis kurz vor seinem Tod hat er das Werk geleitet. Es waren immerhin fast fünfzig Beschäftigte. Nun bin ich der einzige Erbe des Unternehmens. Aus Altersgründen habe ich den Betrieb verkauft, was kein Problem war. Ohne dass ich das Werk anbieten musste, waren sofort mehr als ein Dutzend Bewerber zur Stelle. Kurzum, die Arbeitsplätze blieben erhalten und mir brachte der Verkauf eine große Summe Geld ein, die ich allerdings noch versteuern muss. Es wird aber noch reichlich Kapital übrigbleiben, nur für dich, denn ich habe beschlossen, dich als meine alleinige Erbin einzusetzen. Als ich damals erfuhr, dass du eine wissenschaftliche Laufbahn einschlagen wolltest, war ich sehr glücklich.

Ich stamme aus einer naturwissenschaftlich geprägten Familie, wie du weißt. Mich haben die Naturwissenschaften mein Leben lang nicht losgelassen. Leider konnte ich diese Leidenschaft an meine Tochter, deine Mutter, nicht weitergeben. Sie wollte unbedingt Lehrerin werden. Sie liebte die schönen Künste, ganz besonders die Musik. Diese Leidenschaft hat sie an deine Schwester Johanna weitergegeben. Dass die Ehe deiner Eltern so früh gescheitert ist, war für viele voraussehbar. Eine Lehrerin, die der Muse nahestand, und ein Landmaschinen-Ingenieur, der mehr Zeit bei den Bauern und im Viehstall als zu Hause verbrachte, das konnte nicht gutgehen. Er besaß bereits in den

achtziger Jahren einen hervorragenden Ruf als Landma-
schinen-Konstrukteur. Und so kam es, dass er 1985 aus
den USA ein unglaubliches Angebot bekam. Dem konnte er
nicht widerstehen. Hast du vielleicht noch Kontakt zu ihm?
Wie sieht es mit deinen Kontakten zu Onkel Olli und zu
deinem Schwager Anton Küster, dem Polizei-Inspektor oder
was er mittlerweile ist, aus? Ich möchte dir auf keinen Fall
Vorschriften machen, was du mit dieser üppigen Erbschaft
machen sollst, aber es würde mich freuen, wenn du dabei
an Onkel Olli und an deinen Schwager denken würdest.
Beide haben schwere Schicksalsschläge ertragen müssen. Ich
weiß, wovon ich rede. Als ich nach Kriegsende 1947 endlich
meinen Mann in den Arm nehmen konnte, bestand er nur
noch aus Haut und Knochen, so sehr hatte ihn die russische Gefangenschaft ausgezehrt. Ich war glücklich, denn wir
hatten den Kopf voller Pläne. Wenige Wochen danach ist
er dann im Durchgangslager Friedland verstorben. Dein
Schwager Anton Küster hat ähnliches erlebt. Wenn man
im Glück dem Tod begegnet. Und ich bin mir sicher, ohne
Olli hätte ich in dieser Zeit nicht überlebt.
Sei ganz herzlich gegrüßt von deiner Oma Erika

Dann faltet Caroline den Brief zusammen und steckt
ihn ins Couvert. Es ist ganz still in dem Raum. Nach
einigen Minuten des Schweigens ergreift Onkel Olli das
Wort und wendet sich an Caroline,
»Es macht mich glücklich, dass Erika dich so groß-
zügig bedacht hat. Und dass sie mich nicht vergessen
hat, freut mich ebenfalls. Wir haben viele schwere Jahre
miteinander durchlebt. So etwas verbindet. Und wenn

sie schreibt, dass sie diese Zeit ohne mich nicht überlebt hätte, so muss ich sagen, dass das nur die halbe Wahrheit ist. Auch ich hätte ohne sie nicht überlebt. Aber jetzt bist du am Zug. Ich kann dir sagen, dass ich mein Leben gelebt habe, ich habe keine finanziellen Sorgen und auch keine großen Wünsche mehr. Allerdings meinen Kindern könnte ich mit deiner Hilfe unter die Arme greifen. Die müssen in manchen Jahren scharf rechnen. Genaues weiß ich nicht. Finanzprobleme halten sie so gut sie können von mir fern. Hin und wieder kriege ich schon mal etwas mit. Also wenn du mich bedenken willst, dann wandert jeder Cent in deren Hände. Das sollst du wissen. Wenn du mich deshalb nicht bedenken willst, so nehme ich dir das bestimmt nicht übel. Es kommt nicht oft vor, dass wir privat Gäste haben, umso mehr würden wir uns freuen, heute mit unserer ganzen Familie und euch beiden das gemeinsame Mittagessen einzunehmen, wenn ihr damit einverstanden seid.«

Caroline ist über Ollis Erklärung nicht überrascht. Aus den wenigen Erzählungen der Großmutter über die Jahre mit Olli weiß sie, dass er große Solidarität mit seiner Familie hat und ein Leben lang seiner eigenen Vorstellung von Gerechtigkeit folgt. Die Großmutter hat Caroline acht Tagebücher hinterlassen, die mehr oder weniger komplett sind. Aus einigen wurden Seiten entfernt. Von wem, war nie zu erfahren. In den Tagebüchern zwei und drei wird die Zeit mit Olli sehr ausführlich beschrieben. So bekommt er klarere Konturen. Unter anderem war Großmutter immer wieder fasziniert von seinem erstaunlichen Einfallsreichtum, den er an den Tag legte, wenn er unbedingt etwas haben wollte. Heute kann Caroline solch eine Strategie nicht einmal im Ansatz erkennen. (Er hat nicht die Absicht sich zu bereichern.)

Gegen 12:30 Uhr werden Caroline und Küster von einer jungen Frau in der Empfangshalle des Hotels erwartet. Er erkennt sie wieder. Es ist Ollis Tochter Heide, die Besitzerin des Hotels. Später wird er erfahren, dass sie genauso alt ist wie Küster selbst. Sie begleitet die beiden in den privaten Teil des Hauses, der abgelegen im Nord-Trakt der Mühle liegt. Es ist das alte Gemäuer, in dem früher die Mahlknechte wohnten. Vor Jahren hat man das Bauwerk stilvoll restauriert und erweitert. Küster wundert sich wieder einmal über die Gebäulichkeit, die er kurz nach seiner Ankunft vorschnell ziemlich abwertend beurteilt hatte. Das massiv gemauerte Erdgeschoss zeigt Schäden im Verputz, die Stockwerke darüber in Holzbauweise errichtet, sind stellenweise windschief und weitgehend vom Holzwurm in Besitz genommen. Das ist sein erster flüchtiger Eindruck.

Im weiträumigen Esszimmer, das bis ins Detail mit Mobiliar aus der Gründerzeit eingerichtet ist, warten bereits Olli und seine Frau Valerie, Heides Ehemann Iwo Novak und ihre beiden Zwillinge Oliver und Margarete. Die Kleinen haben gerade vor zwei Tagen ihren elften Geburtstag gefeiert. Nach einer einfachen und dementsprechend kurzen Begrüßung, die sich auf ein »Guten Tag‹ und »freut mich sehr« beschränkt, nehmen alle an der Tafel Platz. Die beiden Deutschen bedanken sich ehrlich und ohne Übertreibung bei der Familie für die Einladung,

Als Valerie das Hühnerragout auf den Tisch bringt, ist die Stimmung besonders ausgelassen bei den Zwillingen, denn sie wissen, dass ihre Oma ihr Lieblingsgericht, wie immer, selbst gekocht hat. Die Kinder lieben diesen Festschmaus der Großmutter über alles. Zudem muss Valerie immer wieder neu erklären, darauf bestehen die Kleinen, woher das Gericht kommt. Obwohl sie schon zum x-ten Mal die Geschichte vom Ragout-Rezept erzählt hat, tut sie den Zwillingen auch heute wieder den Gefallen, denn jedes Mal wird die Legende vom Rezept aus Flandern von einer neuen Variante umrankt. Darauf warten dann alle, denn Valerie kann hervorragend Geschichten erzählen. Dabei bedient sie sich gern ihres flämischen Dialektes, der der Erzählung einen zusätzlichen Reiz verschafft, denn ihr besonderer Akzent ist den Vorarlbergern so nah, oder besser so fern, wie das chinesische Mandarin. Das Ragout begeistert alle und Valerie wird wieder einmal mit Komplimenten überhäuft, was ihr an der Seite des Sternekochs Olli, ihres Gatten, besonders gefällt.

Küster bemerkt schon seit einiger Zeit beim Blick aus dem Fenster, der freie Sicht in den Garten bietet, eine größere Schar freilaufender Hühner und nebenbei einige Enten. »Wie ich sehe, seid ihr zum Teil Selbstversorger«, dabei weist Küster auf den Garten. »Ja, aber nur zu einem gewissen Teil, insbesondere, was das Kleinvieh und Valeries Gemüsegarten betrifft. Wenn ihr wollt, können wir gerne einen kleinen Rundgang machen. Dabei kann ich auch etwas über die Klostermühle erzählen. Nach dem reichlichen Essen wäre das doch eine gute

Ergänzung«, bemerkt Olli. Heide und ihr Mann müssen zurück ins Hotel. Valerie und die Zwillinge ziehen sich zurück in die Küche. Die beiden lieben die Zeiten mit der Großmutter, denn sie hat immer irgendeine Geschichte zu erzählen. Am liebsten hören sie Erzählungen über die Nordsee, vom kleinen Dorf bei Ostende, ihrem Heimatort. Die Kinder kennen die See noch nicht. Im kommenden Sommer wollen Valerie und Olli die Kleinen mit nach Ostende nehmen, da die Eltern mitten in der Hauptsaison das Hotel nicht schließen können. Das hofft Valerie, denn Olli ist »nicht gut dran«, wie er hin und wieder selbst seinen Gesundheitszustand beschreibt. Auf Rückfragen meint er kurz und bündig, dass diese Einschätzung doch deutlich genug sei. Beim Rundgang durch das große Anwesen legt Olli öfter schöpferische Pausen ein, um das eine oder andere Detail genauer zu erklären. (So begründet er jedenfalls die Unterbrechungen.) Nach etwa einer Stunde beenden sie die Besichtigung und Olli macht den Vorschlag, dass man sich gegen 16 Uhr wieder bei einem Kaffee treffen könnte, um ein wenig zu plaudern. Caroline schlägt vor, dass sie die Tagebücher zwei und drei ihrer Großmutter mitbringt, da Olli darin sehr umfangreich beschrieben wird. Niemand außer Caroline kennt deren Inhalt. Heute ist Ollis Mittagsschlaf, den er täglich und ausgiebig hält, einer gespannten Erwartung gewichen. Er macht kein Auge zu und fiebert dem Vier-Uhr-Schlag der großen Standuhr entgegen. Valerie möchte gerne dabei sein, wenn aus Ollis Kindheit berichtet wird. Er hatte im Krieg die Eltern verloren. Als Vollwaise konnte er auch später keine Angehörigen befragen. Er kannte keine. Er war vollkommen allein! Mittlerweile hat Valerie den Kaffee aufgetragen und dazu ein wenig flämisches Gebäck, das sie inständig liebt. Sie hat es auf einem Teller angerichtet, der unverkennbar aus Flandern stammt. Kurz nach 16 Uhr betreten Küster und Caroline das Wohnzimmer. Sie hält zwei ziemlich vergilbte Hefte, mit Schäden an den Deckblättern, in der Hand. Olli und Valerie sitzen bereits voller Erwartung auf dem Sofa.

»Noch vor Jahren hätte ich mir bei einer solchen Gelegenheit gerne eine gute Zigarre angezündet. Aber Scheiße! – Entschuldigung. Alles dahin. Die Lunge kaputt, nichts mehr zu holen. Raucherbeine beidseitig und die Herzkranzgefäße ziemlich zu. Die Ärzte geben mir nicht mehr lange. Als ich jung war, kannte ich solche Krankheiten noch nicht einmal mit Namen. Da hatten die Menschen ganz andere Krankheiten. Ich muss sagen, die Zigaretten hatten mir sogar geschmeckt, merkwürdig. Aber Schluss mit meinen Krankheiten. Caroline lies bitte vor«, bittet Olli.

Kapitel 5

Caroline hat in einem der Sessel Platz genommen und vorsichtig das Tagebuch Nummer zwei geöffnet. Manche Blätter sind nicht mehr richtig geheftet und das Papier ist sehr dünn und brüchig. Der überwiegende Teil der Blätter ist mit Bleistift beschrieben. Sie beginnt.

Tagebuch Nummer 2

> *Frankfurt an der Oder 19. September 1944*
> *Die Sowjet-Armee ist weiter auf dem Vormarsch Richtung Deutsches Reich. Ich bin mit meiner kleinen Anna-Maria seit ihrer Geburt 1942 hier bei katholischen Ordensschwestern untergebracht. Ich unterstütze sie so gut ich kann bei medizinischen Aufgaben und davon gibt es jeden Tag mehr, da die Züge mit Verwundeten hier einen Zwischenstopp auf ihrem Weg ins Reich einlegen. Wir versorgen die Kranken so gut wir können. Jeden Tag frage ich bei den Verwundeten nach meinem Mann, dem Oberstabsarzt Dr. Josef Walther. Irgendeiner muss ihn doch mal gesehen haben.*
> *Die Nonnen sind glücklich mit meiner kleinen Anna-Maria. Hoffentlich können wir noch lange hierbleiben.*

> *21. September 1944*
> *Heute habe ich einen Verwundeten getroffen, der von meinem Mann Josef in einem Feldlazarett in Polen behandelt wurde. Es ginge ihm gut. Das Lazarett war aber in Auf-*

lösung und wurde nach Westen verlegt. Mehr konnte der Soldat nicht sagen. Ich bin voller Hoffnung, dass ich ihn wiedersehen werde.

22. September 1944
Die Arbeit an den Lazarett-Zügen wird immer aufreibender. Woher kommen denn nur so viele Menschen? Ich bin zu müde, um noch mehr zu schreiben.

4. Oktober 1944
Anna-Maria hat eine schwere Erkältung. Die Schwester Oberin kümmert sich ganz lieb und intensiv um sie. Sie wird verwöhnt. Ich muss noch mehr Dienst an den Lazarettzügen tun. Ich bin erschöpft.

15. Oktober 1944
Anna-Maria ist wieder gesund. Sie beginnt schon Marienlieder mit der Oberin zu singen.

4. November 1944
Heute hat mir die Oberin den Vorschlag gemacht, dass ich mit Anna-Maria in eine Niederlassung des Ordens nach Berlin ziehen könne. Die bräuchten dort Fachkräfte wie mich und einen Platz für Anna-Maria gäbe es da auch. Die Russen kommen immer näher.

20. November 1944
Wir fahren mit einem Lazarettzug nach Berlin. Unterwegs wird der Zug von feindlichen Flugzeugen beschossen.

Ich arbeite auch im Zug mit den anderen Schwestern und Sanitätern. Es gibt dabei nur wenige Verletzte.

22. November 1944
Ankunft am Bahnhof Königs Wusterhausen. Weiterfahrt mit einem von Bombensplittern durchschossenen Krankenwagen, der mehr Löcher als ein Schweizer Käse aufweist. In seinem Inneren frisches und altes getrocknetes Blut. Alles so ekelerregend wie der ungepflegte Fahrer, der auf dem Weg zum Schwesternhaus nur mürrische Antworten gibt.

Gegen 15 Uhr Ankunft am Schwesternhaus. Warmherziger Empfang durch die Oberin. Hier ist alles gepflegt und in Ordnung. Eine junge Ordensfrau kümmert sich sofort um Anna-Maria. Sie trinkt zum ersten Mal in ihrem Leben warme Schokolade.

10. Dezember 1944
Große Teile der Stadt sind im Bombenhagel untergegangen, wo man hinsieht Ruinen in denen Menschen hausen. Wohnen will ich das nicht nennen. Wie gut, dass wir bei den Schwestern wohnen können. Das Haus ist bis auf Splittereinwirkungen noch intakt. Seit Tagen sehe ich einen kleinen Jungen, der noch in kurzen Hosen und kaputten Kniestrümpfen um das Schwesternhaus schleicht. Es ist kalt.

12. Dezember 1944
Der kleine Junge in seinen kurzen dunkelbraunen Hosen und den kaputten Kniestrümpfen verfolgt mich bis zum Ersatzlazarett, wo ich meinen Dienst tue. Ich beschließe, dass ich ihn ansprechen werde.

13. Dezember 1944
Der Junge ist verschwunden, ich sehe ihn den ganzen Tag nicht.

15. Dezember 1944
Anna-Maria hat Fieber und Durchfall. Ich mache mir Sorgen. Ach, wäre nur mein Mann hier. Er könnte ihr helfen. Wer weiß, wo er jetzt ist. Es kommen nur noch selten Briefe an.

18. Dezember 1944
Anna-Maria ist über den Berg. Langsam isst und trinkt sie wieder mehr. Dank der Fürsorge von Schwester Agathe.

22.Dezember 1944
Die Schwestern haben einen Weihnachtsbaum organisiert. Sie schmücken ihn mit selbstgebasteltem Schmuck. Ich will heute meinem Josef schreiben und nach dem Jungen sehen. Es ist bitterkalt. Heute Nacht waren es fast 10 Grad minus, es soll noch kälter werden.

24. Dezember 1944
Anna-Maria hat sich sehr über den Weihnachtsbaum gefreut. Die Schwestern haben in ihrer kleinen Kapelle eine schöne Christmette mit uns gefeiert. Es waren auch Frauen aus der Nachbarschaft mit Kindern da. Es gab da nur einen Mann, der hat nur geweint. Ich denke an Josef, was für eine Weihnacht!

27. Dezember 1944
Es ist immer noch kalt. Der Ostwind verstärkt die Kälte. Die Russen kommen immer näher Richtung Berlin. Ich mache mir Sorgen um den Jungen. Heute will ich intensiv nach ihm Ausschau halten.

31. Dezember 1944
Keine Böllerschüsse. Die Menschen haben von Schüssen die Nase voll. Wir hoffen, dass 1945 besser wird.

4. Januar 1945
Heute wird Anna-Maria drei Jahre alt. Ich habe ihr aus Wollresten, die ich gesammelt habe, einen bunten Schal gestrickt. Sie ist froh damit. Heute haben sie in der Nebenstraße eine tote Frau aus einer der Trümmerwohnungen geborgen. Man sagt, sie sei erfroren. Ich denke an den Jungen.

10. Januar 1945
Heute Nacht waren es mehr als 10 Grad minus. Viele Wasserleitungen in den zerstörten Häusern sind eingefroren. Nur noch wenige Häuser haben Glas in den Fenstern, stattdessen Bretterverschläge. Die dunklen Tage werden dadurch nur noch dunkler. Im Notlazarett kommen jetzt auch immer mehr Zivilisten an. In unserem Stadtviertel sieht man mittlerweile auch Flüchtlinge aus den Ostgebieten.

17. Januar 1945
Es ist wie ein Wunder, ich habe den Jungen gesehen. Er lief mit einer Gruppe von vier etwa gleichaltrigen Buben

48

durch die Trümmer. Er hat mich nicht gesehen. Gott sei Dank! Er lebt.

20. Januar 1945

Habe heute im Trümmerfeld nach ihm gesucht. Vergeblich. Anna-Maria lernt Beten und Singen. Die Schwestern halten den Krieg so gut sie können von ihr fern. Die vielen Verwundeten, die ich täglich versorgen muss, machen mich schwermütig. Wie geht es wohl meinem Josef.

24. Januar

Ich habe heute mit einer Flüchtlingsfrau im Lazarett gesprochen. Sie hat mir schlimme Dinge erzählt, die sie auf der Flucht erlebt hat. Massenvergewaltigungen, Erschießungen, und durch die SS erhängte deutsche Soldaten. Die Leichen hingen noch an den Bäumen, als sie vorbeizogen. Fahnenflucht war ihr Verbrechen. Mir wird übel, wenn ich mir das vorstelle.

26. Januar 1945

Zu der Kälte kommt jetzt auch noch der Hunger. In einer Seitenstraße ist ein völlig entkräftetes Pferd zusammengebrochen. Ich glaube, es war noch nicht richtig tot, da haben Leute schon Stücke aus dem Kadaver geschnitten. Dabei gab es schon schwere Reibereien. Ich glaube, ich habe den Jungen auch unter den Leuten gesehen.

28. Januar 1945

Heute habe ich erfahren, dass Josef und das gesamte Lazarett in russische Gefangenschaft geraten sind. Gott sei Dank, er lebt. Ich küsse Anna-Maria.

3. Februar 1945

Schwere Bomberverbände nähern sich Berlin, wir werden aufgefordert in die Luftschutzbunker zu gehen. Tatsächlich spüren wir auch in den Bunkern, dass dieses Mal auch unser Bezirk massiv im Bombenhagel liegt. Der Bunker ist überfüllt. Die Luft ist stickig. Die Kinder weinen unentwegt. Anna-Maria ist ruhig und singt ganz leise.

Der Junge kommt auf uns zu. Ich bin glücklich, dass er lebt. Er trägt immer noch die kurze Hose. Seine Schuhe sind total zerrissen. Zum Glück hat er eine Jacke, die viel zu groß für ihn ist. Auf seinem Kopf hat er eine Pelzmütze, eine Damen-Pelzmütze. Um seine Schultern hängt ein runder Gasmasken-Tornister aus Blech, wie ihn die Soldaten tragen. Er hält den Behälter fest an sich gedrückt wie eine Beute, oder wie einen Schatz. Der Junge schmiegt sich an mich und fasst nach meiner Hand. Er ist völlig durchfroren. Unter meinen halb geöffneten Mantel haben sich links Anna-Maria und rechts der Junge verkrochen. So ertragen sie es, wenn die Erde und der ganze Bunker beben. Nach Stunden kehrt Stille ein. Kann es denn sein, dass man sich daran gewöhnt?

Als ich den Jungen frage, wie er heißt, sagt er: Olli, so sagen jedenfalls alle zu mir. Und wie weiter? Olli Germann, gibt er zur Antwort. Und wo seine Eltern sind, weiß er nicht mehr. Sie liegen wahrscheinlich tot unter einem der Schuttberge. Sie waren in keinem Luftschutzbunker. Er habe schon mehr als ein Jahr nach ihnen gesucht. Geschwister habe er keine. Er sagt, er sei jetzt fünf Jahre alt und der Anführer der weißen Adler, wie sie sich nennen. Sie seien alle vier ohne Eltern und ohne Verwandte. Sie leben in einer Ruine im Kellergeschoß, wo es noch Wasser und auch noch einen heizbaren Ofen gibt. Dann gesteht er, dass er aber viel lieber bei mir bleiben würde. Er greift nach Anna-Marias Hand und sagt. Ich bin der Olli und wie heißt du? Anna-Maria schweigt, so eine Vorstellung kennt sie noch nicht. Dann öffnet Olli seinen blechernen Tornister und holt ein Stück Brot heraus, das bietet er Anna-Maria an. Sie lehnt es ab. Olli ist ein wenig traurig, dann isst er selbst.

4. Februar 1945

Ich kenne unseren Bezirk Schönefeld nicht wieder. Fast kein Haus, das nicht beschädigt ist. Manche Häuser existieren überhaupt nicht mehr. Durch die Brandbomben sind die Trümmer warm, obwohl es mitten im Winter ist, frieren wir nicht. Das Schwesternhaus ist schwer getroffen. Nur noch Teile des Kellers stehen. Alles andere ist Schutt. Drei der Schwestern suchen im Schutt und im Keller nach Dingen, von denen sie glauben, dass man sie noch gebrauchen kann. Es kommen abwechselnd auch andere Leute vorbei und suchen im Schutt. Mir scheint, heute kann jeder alles gebrauchen.

6. Februar 1945

Zusammen mit noch fünf Schwestern haben wir uns im Keller notdürftig eingerichtet. Zumindest hat jeder von uns ein Bett. Sogar Anna-Maria und Olli haben zusammen ein Bett. Olli ist den ganzen Tag unterwegs und schafft Brot, Kartoffeln, alte Möhren und manchmal ein Stück Wurst herbei. Wir fragen nicht, woher die Sachen kommen. Wir sind einfach nur dankbar.

7. Februar 1945
Olli behauptet, dass er heute Geburtstag hat und sechs Jahre
alt wird. Wir haben kein Geschenk für ihn. Noch nicht. Ich
muss mich morgen früh zusammen mit Schwester Barbara
in einer Klinik melden. Die anderen Schwestern müssen
helfen, die Schuttberge zu beseitigen.

10. Februar 1945
Aus dem unversehrten Mantel eines Luftwaffen-Offiziers,
der mir im Lazarett in die Hände gefallen ist, haben die
Schwestern für Olli eine wunderbare, lange Hose genäht.
Eigentlich hatte ich den Mantel für andere Dinge vorge-
sehen. Aber es sind noch Reste übrig. Der Junge kann die
Hose gut gebrauchen. Schwester Barbara und ich sind im
OP eingesetzt. Die Verhältnisse in den Kellerräumen will
ich nicht beschreiben. Wie können wir hier nur überleben.

16. Februar 1945
Ich arbeite jeden Tag 12 bis 14 Stunden, oft noch ohne
Pause. Die Ärzte halten nur noch mit Pervitin oder Panzer-
Schokolade durch. Meine kleine Anna-Maria sehe ich nur
abends und dann schlafe ich gleich ein. Olli ist ein wahrer
Organisator. Wir haben jetzt auch genügend Kochtöpfe,
und sogar einen Teppich hat er, wie er es nennt, organisiert.

18. Februar 1945
Heute kam Olli mit blutiger Nase und einem abgebroche-
nen Schneidezahn nach Hause. Er hatte Streit mit zwei
Männern. Dabei ging es um Brennholz. Der Junge ist ein
wahrer Kämpfer. Er kennt bisher ja nur Hunger, Entbeh-

rungen, Kälte und Misstrauen allen Fremden gegenüber. Er braucht unsere Liebe und Wärme.

22. Februar 1945

Olli kommt heute ganz verstört in unseren Verschlag zurück. Er spricht zunächst kein Wort. Dann berichtet er, dass er heute etwas ganz Sonderliches gesehen habe. In einer Ruine, die er und die weißen Adler noch nicht durchsucht hatten, fanden sie in einem Kellerraum zwei Frauen. Jede hatte ein kleines Kind im Arm. Sie saßen in einer Ecke. Aus einer großen Schüssel aßen sie Kartoffeln und irgendein Gemüse. Die Frauen zerkauten die Mischung so lange, bis es Mus war. Dann gaben sie es den Kleinen in den Mund. So etwas hätte er auch gerne gehabt. Die beiden Frauen habe er danach nicht mehr gesehen.

26. Februar 1945

Anna-Maria und auch Olli haben beide einen Infekt der Atemwege. Die Schwestern in unserer Behausung kochen ihnen Tee aus Kräutern, die sie in den umliegenden Gärten suchen. Die Essensvorräte, die Olli uns gebracht hat, gehen schnell zur Neige. In seinem blechernen Gasmasken-Tornister, den er als absoluten Schutz gegen Ratten und Mäuse gewählt hat, liegt noch die eiserne Reserve. Ein Stück Brot und ein Stück Speck. Wir trauen uns nicht, seine eiserne Reserve anzufassen.

28. Februar 1945

Seit zwei Tagen ernähren wir uns von Tee und Suppen aus Blättern von Gemüseresten aus Gärten, die eigentlich keine

Gärten mehr sind. Morgen soll es wieder einmal Brotzuteilungen geben. Seit Wochen sehe ich keine Hunde mehr herumlaufen. Ich habe eine schlimme Ahnung.

3. März 1945

Olli ist wieder fieberfrei, aber noch sehr schwach auf seinen dünnen Beinchen. Anna-Maria fiebert noch etwas. Schwester Barbara hat ihr eine Brotsuppe eingeflößt. Ich glaube, die hilft. Heute ist einer der älteren Ärzte kurz nach seinem Dienstbeginn in der Klinik tot zusammengebrochen. Man sagt, dass er schon seit Jahren herzkrank gewesen sei.

6. März 1945

Die Luftangriffe nehmen von Woche zu Woche zu. Der Weg zur Klinik, den Schwester Barbara und ich jeden Tag nehmen müssen, wird immer gefährlicher. Die Russen kommen immer näher und sie treiben eine Flut von Flüchtlingen vor sich her. Man sieht täglich mehr dieser armen Menschen, die fast nichts mehr mit sich führen.

10. März 1945

Olli kommt mit 3 frisch gebackenen Broten nach Hause. Ein Festessen! Wir fragen nicht, wie er an die Brote kam. Er berichtet, dass er auf Schleichwegen nach Hause kommen musste. So eine Beute würde sich doch keiner entgehen lassen. Der Kampf ums Überleben hat schon lange begonnen. Ich glaube, Olli weiß noch nicht, was Recht und was Unrecht ist. Wie auch?

14. März 1945

Heute haben wir unsere jüngste Schwester Irmberta beerdigt. Sie war gerade 22 Jahre jung. Als Arbeiterin, die die Trümmer beseitigen musste, war sie verständlicherweise immer hungrig. Vor einigen Tagen hat sie in den Trümmern eine Wurst-Konserve gefunden. Heißhungrig hat sie einen Teil der Konserve sofort gegessen, den Rest hat sich der Blockwart sofort einverleibt. Einige Stunden danach hatte sie zunächst Seh- und Schluckstörungen, anschließend eine beginnende Lähmung beider Arme entwickelt. Noch bevor Olli mit einem Arzt kommen konnte, war sie tot. Es war eine Nahrungsmittelvergiftung. Botulismus, sagte Dr. Gellert. Wie wir jetzt erfahren haben, ist auch der Blockwart daran verstorben. Irmberta war Ollis Lieblingsschwester. Er weint seit 3 Tagen unaufhörlich. Wohin ich sehe, Elend, Jammer und Tod.

22. März 1945

Die Bombenangriffe werden immer heftiger. Es gibt manchmal kein Wasser mehr, dann keinen Strom. Aber an Bomben ist offenbar kein Mangel. Sollen wir denn alle draufgehen?

30. März 1945

In der Klinik wird das Material knapp, dafür gibt es mehr Patienten und mehr Arbeit. Irgendwann ist Schluss, Aus, Ende, hoffentlich bald. Ich lebe nur noch für die Kinder. Anna-Maria und Olli brauchen mich noch. Ob ich meinen Josef je wiedersehen werde?

22. April 1945

Ich bin so wütend, dass ich es nicht beschreiben kann. Über-
all in der Stadt Schüsse, Granaten aus Panzern und der
Artillerie. Und dann drückt mir ein kleiner Hitlerjunge auf
dem Weg in die Klinik ein Blatt in die Hand »Führerbefehl
an die Berliner Bevölkerung«. Darin werden alle, die die
Widerstandskraft schwächen, als Verräter bezeichnet, und
dass diese Personen augenblicklich zu erschießen oder zu
erhängen sind.

30. April 1945

Heute gehe ich zum vorläufig letzten Mal in die Klinik. Ich
muss dortbleiben denn die Russen kontrollieren alle Stra-
ßen um das Krankenhaus. Ich mache mir große Sorgen um
Anna-Maria, Olli und die Schwestern.

6. Mai 1945

Man hört nur noch vereinzelt Schüsse. Die Russen haben
die Klinik besetzt. Wen sie als Wehrmachtsangehörige iden-
tifizieren, nehmen sie mit, egal in welchem Zustand. Es gibt
keinen Widerstand.

8. Mai 1945

Generalfeldmarschall Keitel hat in Karlshorst die bedin-
gungslose Kapitulation der Wehrmacht unterschrieben. Es
gibt zahlreiche Feiern in der Stadt. Sogar Verbrüderung
zwischen russischen Soldaten und Zivilisten. Es wird ge-
trunken, getanzt und gesungen. Zumindest wird nicht mehr
geschossen.

12. Mai 1945

Die Russen haben uns mit medizinischem Material versorgt. Sie haben selbst nicht viel. Wir können wieder besser arbeiten. Die Ernährung ist immer noch schwierig. Es sind zu viele Menschen in der Stadt. Man hört von schlimmen Übergriffen der Russen. Olli ist sehr traurig. Er hat einen seiner Freunde verloren. Er starb gestern beim Spielen mit einem Blindgänger.

15. Mai 1945

Die Russen kontrollieren seit gestern jedes Haus, oder was noch davon übrig ist. Hin und wieder führen sie Menschen ab und verladen sie auf LKWs. Anna-Maria ist ganz verängstigt. Die fremden Soldaten und ihre fremde Sprache machen ihr Angst. Olli kennt schon einige russische Worte.

22. Mai 1945

Die Russen kontrollieren mittlerweile die ganze Stadt. Die Versorgung ist immer noch katastrophal. Olli hat Probleme mit dem Organisieren, wie er es nennt.

7. Juni 1945

Diesen Tag will ich schnell und komplett vergessen, aber ich muss darüber schreiben. Ich durfte heute früher aus der Klinik. Kurz bevor ich unsere Behausung betreten wollte, zerrte mich ein russischer Soldat hinter ein Gebüsch und riss mir die Kleider vom Leib. Ich schrie laut um Hilfe. Dann schlug er mir mehrfach ins Gesicht. Ziemlich benommen stellte ich fest, dass er versuchte, mich zu vergewaltigen. Noch bevor er in mich eindringen konnte, hörte ich einen

Schuss und der Mann fiel neben mir zu Boden. Nicht weit hinter ihm stand Olli. In der Hand hielt er eine Maschinenpistole. Der Russe hatte sie vor dem Eingang zu unserer Unterkunft abgelegt. Durch den Schuss wurden andere Soldaten aufmerksam. Kurz darauf erschien ein Offizier in Begleitung zweier Soldaten. Aus unserem Verschlag kamen Schwester Barbara und Schwester Agnes, die Anna-Maria auf dem Arm hielt. Man konnte sehen, dass der Vergewaltiger nur einen Streifschuss am Arm davongetragen hatte. Dann haben die Soldaten Olli das Gewehr abgenommen und den Verletzten abgeführt. Etwa hundert Meter vom Haus entfernt erschoss der Offizier den Straftäter. Sie wollten wohl nicht, dass die Kinder das mitansehen mussten. Es ist für mich kein Trost, dass in diesen Tagen immer wieder Frauen Opfer solcher Übergriffe werden.

12. Juni 1945
Ich kann immer noch nicht schreiben, zu sehr hat mich der Vorfall mitgenommen. Ich muss für die Kinder da sein.

Meine Gedanken kann ich nur schwer beschreiben. Wir Schwestern und die Ärzte versuchen jeden Tag Leben zu retten. Dann wiederum wird ein junger Mensch erschossen – auch wenn er sich an mir vergehen wollte. Er hatte wahrscheinlich mit viel Glück den Krieg bis zum Ende unversehrt überlebt. Dann begeht er im Zustand von Glück und Freude eine Dummheit. Und dann wars das. Ich wollte nicht, dass man ihn hinrichtet. Wie viel ist in dieser Zeit ein Menschenleben wert? Wie wird man sich später mit dieser Zeit auseinandersetzen? Wer wird darüber richten?

20. Juni 1945

Heute hat mir Schwester Agnes von ihrer Absicht erzählt, zurück in die Nähe von Münster in Westfalen, ihrer Heimat, zu gehen. Dort habe der Orden noch ein intaktes Schwesternhaus. Ein Teil der Schwestern sei durch Kriegseinwirkungen ums Leben gekommen. Sie will weg aus Berlin. Ich im Grunde auch.

7. Juli 1945

Heute haben wir uns – Schwester Agnes, Schwester Barbara und ich – mit den Kindern auf den Weg nach Münster in Westfalen gemacht. Unser Gepäck besteht nur aus dem Notwendigsten. Wir haben ja auch nicht mehr. In einem völlig überfüllten Zug geht es ins Münsterland.

10. Juli 1945

Mit vielen Unterbrechungen und völlig erschöpft kommen wir gegen Mittag in Münster an. Es ist ein heißer Tag. Wir wollen nur trinken und uns in den Schatten legen. Endlich, nach langem Suchen, hat uns ein Mann, den die Schwestern geschickt haben, gefunden. Mit seinem Pferdefuhrwerk bringt er uns zum Schwesternhaus. Die Fahrt dauert fast zwei Stunden. Erschöpft kommen wir dort an. Wir schlafen seit langem wieder in sauberen Betten.

17. Juli 1945

Wir haben Unterkunft bei einer Bauernfamilie gefunden. Es sind nahe Verwandte von Schwester Agnes. Hier haben wir es gut getroffen. Olli wird nach den Ferien die Schule besuchen müssen. Anna-Maria hat eine Freundin in der

59

Nachbarschaft gefunden. Meinen Josef lasse ich über das Rote Kreuz suchen. Bisher vergeblich.

Caroline muss jetzt einmal eine Pause einlegen und etwas trinken. Ihr Mund ist trocken geworden. Im Zimmer schwebt eine unheimliche Stille. Olli räuspert sich etwas. Dann macht er eine Bewegung, die man durchaus als das diskrete Abwischen einer Träne deuten könnte. Aber so genau will da keiner hinsehen. Als Caroline den Vorschlag macht, dass man die zweite Lesung der Tagebücher besser auf Morgen um die gleiche Zeit verlegen könne, sind alle damit einverstanden, denn das, was sie heute gehört haben, müssen alle, ganz besonders Olli und Valerie, erst einmal verdauen. Olli hatte das Meiste nicht mehr, oder nur sehr schwach, in Erinnerung. Für Valerie ist alles neu. Ihren Vorschlag, dass die Kinder den Teil der Tagebücher lesen oder hören sollten, den Caroline gerade vorgetragen hat, begrüßen alle. Mit Kindern meint sie natürlich nur ihre Tochter und deren Mann, wie sie hinzufügt.

Toni Küster und Caroline verabschieden sich. Sie wollen sich heute nur einen kurzen Überblick über die berühmte mittelalterliche Altstadt von Feldkirch gönnen und anschließend in einem zünftigen Lokal einkehren. Das Wetter ist mild und trocken, sodass sie den Weg zur Stadtmitte zu Fuß zurücklegen wollen. Für den Rückweg werden sie sich ein Taxi nehmen. Caroline hat sich bei Anton in altmodischer Manier untergehakt und so schlendern beide durch das mittelalterliche Zentrum. Am Marktplatz finden sie rasch ein Lokal, dass ihnen auf Anhieb gefällt. Es gibt einige Gäste, die schon die Außen-Gastronomie bevorzugen, aber Caroline will lieber den Abend in den Innenräumen verbringen. Noch sind die Abende und Nächte recht kühl. Sie beschließen, dass sie sich in den kommenden Tagen die Stadt ausführlicher ansehen werden. Das italienische Lokal macht auf die beiden einen guten Eindruck und die Speisekarte ist sehr vielfältig.

Kapitel 6

Die Pizzeria erinnert Küster an seine erste Begegnung mit Johanna, damals in Berlin bei der Verhüllung des Reichstagsgebäudes. Er erwähnt es nicht, aber Johanna spürt, dass er mit seinen Gedanken sonst wo, nur nicht bei ihr ist. Nach den Antipasti will sie es jetzt doch wissen.

»Du bist wieder einmal so weit weg mit deinen Gedanken. Ich kann mir vorstellen, dass es das Tagebuch meiner Großmutter ist, das dich so entrückt. Mir jedenfalls ging es so, als ich es zum ersten Mal las. Jetzt, wo ich es im Beisein von Onkel Olli lese, erlebe ich es noch bedrückender. Ich frage mich, ob ich morgen nicht noch mehr Passagen aus dem Tagebuch »Drei« weglassen sollte. Heute hatte ich auch schon einige Abschnitte übersprungen, von denen ich glaubte, dass sie nicht so relevant seien. Großmutter hat das bestimmt anders gesehen, sonst hätte sie diese Seiten nicht geschrieben. Sie möge mir verzeihen.«

»Entschuldige bitte vielmals, dass ich gerade jetzt ein so schlechter Unterhalter bin. Das liegt bestimmt nicht an dir und auch nicht an der Lesung der Tagebücher, die ich wirklich ausgezeichnet finde. Manche Passagen nicht zu lesen ist sicherlich richtig und verkürzt die Lesezeit. Es sind so viele Eindrücke, die man zuerst einmal verarbeiten muss. Übrigens, mit einem Wort, eure Großmutter war in der Tat eine großartige Frau! Es stimmt, mit meinen Gedanken war ich in Berlin 1995 im Ristorante Toskana, in dem ich mich mit deiner Schwester Johanna getroffen hatte. Dieses Lokal hier hat mich mit meinen Erinnerungen dorthin zurückgeholt. Ich denke, du verstehst das. Wären wir heute bei einem Chinesen eingekehrt, dann hätten mich sicherlich die Erinnerungen an den Abend mit der Fischvergiftung und den dramatischen Stunden danach eingeholt.

Und wenn wir schon an diesen Tag denken, an die interessante Vorlesung über die Bedeutung der Parasiten, – was machen eigentlich deine Forschungsarbeiten mit deinen kleinen Schwanzlurchen? Das interessiert mich wirklich.«

Beide haben sich für Ravioli mit Scampifüllung und Bärlauchsauce als Hauptmahlzeit entschieden. Das Gericht kommt gerade aus dem Ofen und ist dementsprechend heiß. Küster hat als Wein einen Primitivo aus Apulien gewählt. Er hebt sein Glas und stößt diskret mit Caroline an, ohne dass ein Klang zu hören ist. Es ist auch nicht zu vernehmen, was er leise an sie gerichtet flüstert. Caroline vermutet so etwas wie ein Kompliment, ein Dankeschön oder gar eine zarte Liebeserklärung. Sie will aber nicht nachfragen. Durch solch eine Frage könnte er sich doch bedrängt fühlen. In dem reizvollen Lächeln, das sie ihm jetzt zurückgibt, glaubt Küster Dankbarkeit und Zuneigung zu sehen.

»Schon gestern wollte ich dich nach dem goldenen Amulett fragen, das du um den Hals trägst. Du hast bisher, soweit ich mich erinnere, nie irgendeinen Schmuck getragen. Daher wundere ich mich in diesem Fall schon. Aber ich will wirklich nicht indiskret sein.«

Caroline hebt das Amulett etwas an und zeigt es Küster, der beugt sich nach vorne und sieht sich den Anhänger genau und interessiert an.

»Ich erkenne irgendwelche Zeichen, die ich aber nicht zuordnen kann. Sie sehen aus wie Hieroglyphen. Du wirst mir sicherlich mehr darüber sagen.«

Caroline nimmt die Halskette mitsamt dem Amulett ab und reicht sie Küster. Der inspiziert das Schmuckstück jetzt noch intensiver. Er kann sich aber nicht erklären, was er da in der Hand hält. Als er die Vorstellung äußert, das Amulett sei irgendein sehr fremdes Zahlungsmittel, löst Caroline das Rätsel.

»Vorweg, es handelt sich nicht um eine Münze, sondern es ist eine gelungene Nachbildung des ursprünglichen Maya-Kalenders. Als Schmuck an sich nichts sehr Wertvolles. Er besteht aus Silber und ist vergoldet. Ich trage ihn als Erinnerung an meine Zeit in Mexico. Aber als Kalender sicherlich eine Besonderheit. Die Kultur der Maya hat mich damals wirklich in den Bann gezogen. Wenn man bedenkt, dass in der Blütezeit ihrer Kultur zwischen 400 und 900 nach Christus große Siedlungen entstanden sind mit bis zu siebzig Meter hohen Stufenpyramiden, Palästen und Ballspielplätzen. In diesen Städten lebten bis zu 100.000 Menschen, während zu dieser Zeit in Europa, beispielsweise London und Paris, nur kleine Dörfer waren. Die Maya waren große Meister der Landwirtschaft und des Kunsthandwerks. Aber es sind andere Fähigkeiten, die dieses Volk weltberühmt gemacht haben.

Sie erkannten komplizierte Zusammenhänge in der

Astronomie und der Mathematik, die in jenem hoch-komplexen Zeitmesser gipfeln. Dem Maya-Kalender. Er ist der Schlüssel zum Verständnis dieser Kultur. Ich kann dir den Kalender leider nicht einmal teilweise erklären, denn ich habe ihn zu meiner Schande auch nicht ver-standen. Er zählt zu den kompliziertesten Kalendersys-temen der Welt. Mit ihm konnten sie die Agrarperiode von der Aussaat bis zur Ernte berechnen. Auch diente er als Ritualkalender zur Festlegung von Zeremonien und religiösen Feiern. Bei der langen Zählung kommen Apo-kalyptiker, die bekanntlich gerne nach einem konkreten Weltuntergangstag suchen, in diesem Kalender auf den 21. Dezember 2012. Um etwa 900 nach Christus ver-schwinden plötzlich diese hochgebildeten Astronomen, Mathematiker und Landwirtschaftler. Sie geben ihre Städte auf, beenden den Bau von großen Werken und leben heute als indigene Völker in Mittelamerika. Ein bedauerlicher Rückgang oder Untergang, wie man will.

Es war 2007 nach meinem Wechsel an die Techni-schen Universität Hannover. Ich wurde mit einer Kol-legin für mehrere Monate nach Mexico-City geschickt, um das Habitat unseres Forschungsobjekts, den Axolotl, zu untersuchen. Du weißt vielleicht noch, wovon ich rede, den Schwanzlurchen, dem nahen Verwandten un-seres einheimischen Salamanders. Dieser Axolotl kommt endemisch nur noch in zwei Seen vor, die unglücklicher-weise in den Randgebieten von Mexico City liegen. Es sind Überbleibsel eines ausgedehnten Gewässersystems, das heute noch kanalartig ausgebaut ist. Dort herrscht, wie man sich vorstellen kann, eine unglaubliche Verschmutzung durch die Menschen und Abwässer. Jetzt sind die Tiere dort vom Aussterben bedroht. Unsere Aufgabe war es, die Umstände und die Wasserqualität zu untersuchen, unter denen die Tierchen optimal überleben und sich fortpflanzen. Vielleicht können wir hier in Deutschland auch solche Gewässer finden, wo wir die Axolotl freilebend beheimaten können. Es stellt kein größeres Problem dar, sie in Aquarien zu halten und zu züchten. Sie lieben Wassertemperaturen von 15 bis 21 Grad Celsius. In Aquarien, Laboren und Zuchtstationen leben mittlerweile viel mehr Exemplare als in freier Wildbahn. Manche werden sogar schon für Restaurants in Japan gezüchtet. Dabei schrumpft der Genpool mit der Zeit, denn die Züchtungen werden oft nur mit sich selbst gekreuzt, was gleichbedeutend mit einer Inzucht ist.

Dabei können Eigenschaften verlorengehen, die nur noch bei den wild lebenden Tieren vorkommen. Wie viele Axolotl es noch in freier Wildbahn gibt, weiß niemand so genau. Manche Forscher gehen von 2300 Tieren aus, jedoch könnten es auch weniger sein«.

Küster hört den Ausführungen sichtlich interessiert zu. Es ist eine Fortsetzung ihres Gesprächs von vor Jahren in Mainz, dem Beginn ihrer wissenschaftlichen Arbeit. Mittlerweile hat sie sich ein unglaubliches Wissen über dieses kleine Lebewesen angeeignet.

»Woher stammt eigentlich der sehr eigentümliche Name Axolotl? Und wie lange kennt man das Tierchen?««, fragt er. »Der Name kommt von den Azteken und bedeutet übersetzt so viel wie Wassermonster. Dabei macht das Tierchen einen friedlichen Eindruck. Ich habe zu Hause ein paar Bilder, die ich dir gerne zeigen will. Der Lurch existiert bereits seit 350 Millionen Jahren. Es ist, wie ich schon sagte, eine Salamanderart aus der Familie der Querzahnmolche. Im Jahr 1805 brachte Alexander von Humboldt erstmalig zwei Exemplare von einer Forschungsreise aus Mexico mit. Er wollte Forschung an ihnen betreiben.

1863 waren es dann französische Forscher, welche die erste größere Gruppe an Axolotl zu Forschungsarbeiten nach Europa brachten. Die Ergebnisse waren sensationell und verblüffen noch heute eine große Zahl Wissenschaftler weltweit. Der Axolotl ist in vielerlei Hinsicht interessant. Er verharrt sein ganzes Leben lang im Larvenstadium. Mit anderen Worten, das Tier wird niemals erwachsen. Es bleibt auf dem Stadium der Dauerlarve stehen. Der Grund dafür liegt darin, dass seine Schilddrüse nicht genug Hormon produziert, was aber für die Umwandlung notwendig ist. Theoretisch kann sich der Axolotl aber weiterentwickeln, wenn man dem Wasser Jod oder Hormone anderer Molcharten hinzufügt. Dann entwickelt sich der Axolotl zu einem Tier, dass keine Kiemen mehr hat und auf dem Land lebt. Das kommt in der Natur nur sehr selten vor. Wenn aber die Wassertemperatur stark ansteigt, und damit das Gewässer womöglich bald austrocknen wird, können Axolotl über Land wandern und sich ein neues Gewässer suchen.

Ein weitere, ganz ungewöhnliche Fähigkeit macht das Tierchen für uns Wissenschaftler hoch interessant. Es besitzt nämlich das unglaubliche Potenzial der kompletten Regeneration, und das in kurzer Zeit. Verliert es beispielsweise durch Angriffe von Fressfeinden ein Bein oder nur Teile eines Beines, so kann es innerhalb von Wochen diesen Verlust wieder komplett regenerieren. Das Bein beispielsweise wächst wieder vollständig und voll funktionstüchtig nach. Es ist auch in der Lage, ganze Organe oder Teile des Gehirns wiederherzustellen. Sogar verletztes Rückenmark repariert der Axolotl von selbst. Gerade an diesen regenerativen Eigenschaften wird derzeit intensiv geforscht, um diese gesammelten Erkenntnisse vielleicht auch irgendwann einmal in der Humanmedizin anzuwenden. Um herauszufinden, welche Gene für das erstaunliche Regenerations-Talent des Axolotls verantwortlich sind, musste man diesen DNA-Abschnitt exakt bestimmen. Mittlerweile kennt man seine komplette Erbinformation.

Du wirst es nicht glauben. Der Axolotl besitzt zehnmal mehr DNA als das menschliche Genom. Es sind 32 Milliarden Basenpaare. Es war, wie man sich denken kann, ein Riesenaufwand, dieses Riesen-Genom zu entziffern. Und seit mehr als 150 Jahren intensiver Forschung weltweit ist es erst vor kurzem, dank der Computertechnologie, gelungen. Ganz große Erfahrung und zwei große Teams an Wissenschaftlern, die sich damit beschäftigen, sitzen in Dresden und in Wien, wohin ich zum 1. Oktober wechseln werde.

Das wird eine neue und große Herausforderung für mich. Und nach einem, ich nenne es einmal Schnupperkurs in dem Wiener Institut, weiß ich, dass ich dort richtig bin. So viel zu meiner Tätigkeit, meinen Freun-

den, den Schwanzlurchen, und zu meinen Zukunfts-
plänen.«

Nach diesem langen Exkurs hat Caroline einen tro-
ckenen Mund bekommen. Sie trinkt das mehr als halbvolle Glas Rotwein mit zwei, drei großen Schlucken leer.
Dann schenkt Küster nach. Er nickt mehrmals kurz und
presst die Lippen zusammen.

Wer Küster kennt, weiß, dass dieses Minenspiel ein
Ausdruck seiner großen Bewunderung ist. (Hin und
wieder ist das die einzige Art der Anerkennung, besonders wenn ihn wieder einmal die sprechfaule Phase im
Griff hat.)

»Ich muss schon sagen, meine größte Hochachtung vor
deiner Arbeit und deinem Wissen. Ich frage mich, ob du
überhaupt Zeit hast, eine Beziehung einzugehen oder
gar zu unterhalten. Wenn ich so eine sehr persönliche
Frage stellen darf.«

»Sicher darfst du danach fragen. Ich bin zurzeit mit
einem Mediziner befreundet. Er ist Oberarzt in einer
Klinik für Neurologie und Neurochirurgie in Teplice in
der Tschechei. Das liegt etwa fünfzehn Kilometer hinter der Grenze. Von Dresden aus sind es gerade einmal
sechzig Kilometer. Wir hatten uns vor gut zwei Jahren
während eines Kongresses in Wien kennengelernt. Übrigens wurden da die wichtigsten Ergebnisse der Axolotl
Forschung besprochen. Insbesondere, dass es dem Axolotl gelingt, eine schwere Rückenmarksverletzung ohne
Narbenbildung zu regenerieren und damit einer Quer-
schnittslähmung zu entgehen. Ganz im Gegensatz zum
Menschen, obwohl keine riesigen Unterschiede in den

Genen zwischen uns und dem Axolotl zu verzeichnen sind. Das Thema hat die Neurologen und Neurochirurgen brennend interessiert. Was aber aus der Freundschaft zwischen Milan Kucera, so heißt der Neurologe, und mir wird, weiß ich nicht. Zwischenzeitlich haben wir uns hin und wieder gesehen und öfter miteinander telefoniert. Ich denke, es ist zumindest eine gute Freundschaft, mehr aber nicht.«

Kapitel 7

Küster weiß, dass es jetzt an ihm ist, ebenfalls einen kurzen Abriss aus seinem aktuellen Beruf und Privatleben offenzulegen. Es macht ihm auch nichts aus. Vielmehr ist es ihm ein Bedürfnis, darüber zu sprechen. In seiner Stimme ist ein wenig Stolz nicht zu überhören. Sie klingt nicht arrogant oder eitel. Beide Eigenschaften sind ihm fremd.

»Du weißt ja, dass ich im LKA als Hauptkommissar tätig bin. Seit drei Jahren leite ich eine große Sonderkommission, die sich hauptsächlich mit der Schwer-, der Banden- und der Schleuserkriminalität im Rhein-Main Gebiet beschäftigt. Unsere vorwiegend verdeckten Ermittlungen reichen bis in hohe politische Kreise, in höhere Etagen beim Zoll und selbst der eigenen Staatsanwaltschaft. Wir haben da keine Berührungsängste. Ein heißes, hoch gefährliches Eisen. Aber ich habe meine Leute gut ausgewählt und unter uns herrscht ein absolutes Vertrauensverhältnis. Hätten wir in unseren Reihen einen Maulwurf, so wäre das eine Katastrophe. Sowohl beim Zoll als auch bei der Staatsanwaltschaft haben wir einige Mitarbeiter als Mittäter dieser kriminellen Clans entlarven können, die lediglich unbedeutende kleine Rädchen dieser Banden sind. Auch im politischen Milieu ist uns das bereits gelungen.

Glaub mir, es wäre ein lächerliches Strohfeuer, über das sich die großen Clan-Bosse auch noch amüsieren würden, wenn wir diese kleinen Irrlichter aus dem Verkehr ziehen und bestrafen würden. Man kann deren Strukturen mit solch kleinen Aktionen nicht zerstören. Sie müssen sich in Sicherheit wiegen, denn nur über sie kann es uns gelingen, an die ganz Großen heranzukommen. Ich sehe da keinen anderen Weg. Wir dürfen doch nicht so naiv sein zu glauben, dass wir nur mit unserem schwerfälligen Apparat an diese skrupellosen Großganoven herankommen. Da braucht es schon mehr Fantasie und Mut, sonst ist es ein aussichtsloser Kampf, der mit unterschiedlichen Waffen geführt wird, und somit schon von vorneherein verloren ist. Die Folge ist, dass schwache Personen sehr schnell die Seiten wechseln und vielleicht für immer. Dann wird dieser Kampf noch ungleicher und die andere, kriminelle Seite hat dann das Sagen, überhaupt!

Wir haben diesen Verirrten klar mitgeteilt, dass sie weiterhin mit ihren Bezügen im Dienst bleiben können, und keinen Eintrag in ihrer Personalakte erhalten. Wir bestehen darauf, dass sie unseren Weisungen folgen, in absoluter Loyalität zu uns verdeckt ermitteln. Einen zweiten Fehler werden wir ihnen nicht verzeihen und der wird dann zweifellos ihr Untergang sein.

Man kann sich denken, wie das kriminelle Milieu mit diesen kleinen Ganoven verfahren wird, wenn sie entweder nicht mehr nützlich sind oder gar gefährlich werden, und wie einfältig muss man sein, zu glauben, dass diese Organisationen ihre sogenannten Mitarbeiter auch noch im Alter weiter alimentieren werden.

Diese besonderen Spitzel haben wir intensiv in der

Überwachung. Nebenbei habe ich eine zweite geheime Akte über jeden von ihnen angelegt, die nur ganz wenige Vertraute kennen.

Mittlerweile kennen wir wichtige Strukturen und Schlüsselfiguren. Man kann mir zu Recht entgegenhalten, dass dieses Vorgehen, Erpressung, Strafvereitelung im Amt, Vertuschung einer Straftat, und Anstiftung zur Bespitzelung ist. Alles richtig! In der ehemaligen DDR war das »Die Firma Horch und Guck«.

Aber wie sieht die andere Seite aus? Nur ein Beispiel; ein mittlerer Zollbeamter verliert durch ein kleines Vergehen seinen Job, seine Pension, danach seine Wohnung, dann seine Frau und so weiter und so fort. Dieses Beispiel können wir weiter und weiter ausmalen. Ich persönlich gebe diesen Klein-Ganoven eine zweite Chance, ihre Fehler wieder gut zu machen. Da trage ich die alleinige und volle Verantwortung. Von den meisten Staatsanwälten werden diese Leute gnadenlos in die Tonne geklopft. Dabei sind sie für uns wichtige Informanten. Jegliche Veränderung im Umfeld, oder wenn neue Akteure hinzukommen, erfahren wir schnell, oft noch bevor diese Figuren richtig Fuß fassen können.

Im Gegenzug sehe ich bei bestimmten kleineren Dingen schon mal weg, oder lasse es bei einer mündlichen Verwarnung.

Ich darf mich nicht so sehr aufregen, aber so ist nun mal meine ganz persönliche Strategie und Güterabwägung. Du kannst dir ja denken, dass ich in diesem gefährlichen Job keine Zeit gefunden habe, eine dauerhafte Partnerschaft aufzubauen«, fügt Küster hinzu. Caroline ist von der Offenheit überrascht, mit der Anton Küster über seinen Beruf und seine sehr eigene Interpretation von Gut und Böse daherkommt, und wie er damit umgeht. Sie muss ihm nicht sagen, auf welch dünnem Eis er sich bewegt. Das weiß er selbst am besten, denkt sie sich und schweigt.

Mittlerweile dauert ihm das Schweigen von Caroline doch etwas lang. Aber bevor er das Gespräch wieder aufnehmen will, bemerkt Küster, dass sie verträumt und ganz in den Song der italienischen Pop-Sängerin Alice versunken ist. Offenbar hat der Mann hinter dem Tresen ebenfalls eine Vorliebe für die Kultfigur oder speziell für deren Lied »Per Elisa«, denn er hat die Lautsprecher der Stereo-Anlage, aus der die ganze Zeit über eine leise Hintergrundmusik dezent die Gespräche im Raum dämpfen, merklich lauter gedreht.

Bestimmt hat er Caroline beobachtet, wie sie von Alice verzaubert ist, und er will ihr mit ein paar Dezibel mehr, die er der Anlage entlockt, einen Gefallen tun. Die meisten Gäste haben das, was da zwischen Caroline, Alice und dem Unbekannten hinter dem Tresen abläuft, nicht bemerkt. Küster hat aber ein feines Gespür für Situationen. So behauptet er jedenfalls felsenfest. Nach mehreren Gläsern Wein oder Bier kann es schon mal passieren, dass er so weit geht zu behaupten, dass er die Ganoven sogar riechen könne. Denn sie hätten fast immer so eine Ausdünstung, die aus einer Mischung aus Angst und Aggression bestehe. Diese Fähigkeit habe er mit den Hunden gemeinsam. Die seien aber um das Zigtausendfache besser als er. Und wenn ihm der Wein dann noch weiterhin schmeckt, kann es schon mal vorkommen, dass Küster eine weitreichende Expertise über Hunde, deren Riechvermögen und ihre enge Beziehung zum Menschen abgibt. Externe Zuhörer, die Anton Küster nicht kennen, vermuten einen Veterinärmediziner mit exzellenten Kenntnissen über Hunde vor sich zu haben. Der Kriminalhauptkommissar genießt solche Auftritte.

Nun spürt er wieder, dass da so eine atmosphärische Besonderheit in der Luft liegt. Nichts Beängstigendes, aber etwas, was ihn stört. (Später wird er sagen, dass es etwas war, was ihn richtig ärgerte, aber nicht ängstigte.)

Der ältere Kellner, ein etwas heruntergekommener, schmieriger Typ, mit einem schmalen Oberlippenbart und ansonsten schlecht rasiert, der sich dazu einen fürchterlichen Mundgeruch, eine Mischung aus Schnaps und Knoblauch erlaubt, dieser Lakai schlurft zielgerichtet auf ihren Tisch zu und überbringt Caroline ein Glas Prosecco mit einem Untersetzer, auf dem handschriftlich vermerkt ist »per Elisa! de Mario.« Dabei zeigt der Kellner diskret auf den geschniegelten Kerl hinter dem Tresen. Küsters prüfender Blick hat sich in das fette Gesicht des Kellners mit der zu breiten Nase und den Tränensäcken unter beiden Augen festgebissen. Die wenigen Strähnen, die seine Glatze kaschieren sollen, hat der Kellner mit reichlich Pomade streng nach hinten gekämmt. (In Küsters Augen sind diese Figuren die wahren Vertreter der Widerlichkeit. So, oder so ähnlich, hat er sich schon mehrfach geäußert.)

Mittlerweile hat Caroline einen Kugelschreiber aus der Tasche gekramt und auf dem Untersetzer vermerkt

»Mille Gracie Caroline« Dann übergibt sie dem Kellner den Untersetzer. Salvatore, so rufen einige Gäste nach dem Kellner, macht eine angedeutete Verbeugung und verschwindet mit einem verschmitzten Lächeln, das er mit einem auffälligen Augenzwinkern verbindet, an den Tresen. Caroline hebt das Glas und prostet dem Typen hinter dem Büfett zu. In Küsters Miene sieht man einen Frost heraufziehen, der selbst von Carolines Warmherzigkeit nicht aufzuweichen ist. Sein Verhalten ist ihr derart fremd, dass sie die Stille unterbrechen muss. »Jetzt sag mal, welche Laus ist dir denn über die Leber gelaufen? Ich kann doch wohl ein Getränk annehmen und dann dem Spender zuprosten. Was ist denn daran so schlimm? Und den armen Kellner hast du mit deinen Blicken, man kann schon sagen, entwürdigt. Kannst du dich bitte mal zusammennehmen?« Währenddessen erscheint der Kellner wieder am Tisch und serviert Küster einen Grappa. Dann verneigt er sich auffällig und nach einem weichen »Scusi signore, un regalo de la casa« verschwindet er wieder in den hinteren Teil des Gastraums. Küster ist so überrascht, dass er vergisst sich zu bedanken. Caroline glaubt eine leichte Entspannung in Küsters Gesicht zu sehen. (Später wird er behaupten, da wäre nie eine Spannung in ihm gewesen.)

Noch bevor Caroline ihm übersetzen will, dass dies ein Geschenk des Hauses sei, hebt er den Grappa und ruft laut zum Tresen hin ein »Salute a Mario«. Es stört ihn offenbar nicht, oder vielleicht ist es auch die reine Absicht, dass er mit diesem Auftritt die Aufmerksamkeit nahezu aller Gäste auf sich gezogen hat. Caroline ist zufrieden, da er damit Dankbarkeit und Anstand bewiesen hat.

»Entschuldige bitte vielmals, aber ich mag es nicht, wenn du so auffällig von solchen Typen angebaggert wirst. Diese Südländer haben überhaupt keine Scheu. Der Kerl sieht doch, dass du in Begleitung bist. So etwas macht man doch nicht, oder?«, versucht Küster sein Verhalten verständlich zu machen.

»Das klingt schon ziemlich rassistisch, was du da sagst. Aber so etwas ist in südlichen Ländern fast wie ein Sport. Die denken nicht immer so kompliziert wie du. Aber ich muss sagen, in Mexico war ich doch wirklich erschüttert, als mir beim Warten auf einem Busbahnhof, ich weiß nicht wie viele direkte und unanständige Angebote, nicht nur von Männern, sondern von Dreikäsehoch-Jugendlichen gemacht wurden, dass sie mit mir schlafen wollten. Ich war weit und breit die einzige Europäerin in dieser Menge. Noch viel enttäuschter war ich, dass keine der Frauen, auch ältere nicht, den kleinen Jungs mal die Leviten gelesen haben. Sie haben sich nur teilnahmslos herumgedreht. Es hätten ja auch ihre Kinder sein können, die so gar keinen Anstand besitzen. Da ist diese galante Anmache hier wirklich nicht unanständig.

Aber ich habe den Eindruck, dass du die ganze Szene aus den Augen eines Eifersüchtigen siehst, und da ist man bekanntlich sehr sensibel.«

Küster hat den Kopf geneigt und blickt verlegen vor sich hin. »So, so galant, galant ist er der Schönling.«Dann trinkt er das halbvolle Glas mit einem Mal leer und schenkt sich erneut ein. Noch bevor er auch dieses Glas wieder zum Mund führen kann, fasst ihn Caroline am Arm und drückt ihn nach unten, dabei flüstert sie »Bitte nicht, Alkohol löst nie ein Problem, er schafft nur neue. Wir können noch ein Dessert nehmen, dazu einen Espresso oder Kaffee, und danach trinken wir beide den Wein in Ruhe aus.« Dabei hat sie seine Hand gehalten und fest gedrückt.

Als Berg- und Talfahrt wird Küster später sein Gefühlsleben in diesen Minuten beschreiben, denn leidenschaftlich und beschwingt nahm er den Weg aus der Frustration, der Leere, in ein Nirwana. Es ist schon weit nach Mitternacht, als ein Taxi sie an ihr Hotel zurückbringt.

Kapitel 8

Küster hat keine gute Nacht hinter sich. Zunächst hat es lange gedauert, bis er einschlief. Anschließend kämpfte er in verrückten Träumen gegen seltsame Gestalten. Er kann aber morgens nichts aus diesen Träumen wiedergeben. Letztendlich ist er froh, als der Morgen graut. Der Tag beginnt früh und frisch. Es ist gerade einmal 5:10 Uhr, als Küster das Bett verlässt und sich in Decken eingehüllt auf dem Balkon niederlässt. Er hat den Liegestuhl, der auf Carolines Balkonseite steht, zu sich herübergeholt und in Beschlag genommen.

Langsam kriecht die Morgenröte über die Berge und erste Wolken leuchten rosa. Zunächst vereinzelt und zaghaft beginnen die Vögel ihr Morgenkonzert. Es sind vorwiegend Meisen, die sich von Minute zu Minute intensiver unterhalten. Anton Küster, eigentlich seit Jahren zu einem Stadtmenschen mutiert, empfindet diesen jungen Morgen als einen Segen und ein Geschenk der Natur. (Das will er Caroline nachher sagen.) Vollkommen entspannt schläft er jetzt ein.

Kurz vor 8:00 Uhr wird er von einem zarten Kuss auf die Stirn geweckt. Caroline hat sich von hinten über ihn gebeugt. Sie hat ihn schon eine Zeit lang von der Tür aus beobachtet, die auf den Balkon hinausführt. Über ihr kurzes Nachthemd hat sie nur lässig den hoteleigenen Bademantel gezogen. Sie träumt davon, dass ihr ungenierter Aufzug bei Küster eine Reaktion hervorrufen wird. Dass die Resonanz so schnell und so spontan ausfallen würde, hätten beide noch vor kurzem nicht geahnt.

Küster zieht sie zu sich auf den Stuhl, auf dem beide sehr unbequem und ineinander verknotet nur kurze Zeit liegen. Dann kommt fast gleichzeitig von beiden der Vorschlag, dass man doch besser und bequemer, vor allen Dingen wärmer, im Bett liegen würde.

Es ist die Begierde nach dem Körper des anderen, gefolgt von einer stürmischen Vereinigung, in die sie bald versinken. Erst nach 9:00 Uhr begeben sich beide, ziemlich erschöpft vom Liebesverkehr, zum Frühstück. Wortlos sitzen sie sich eine Zeit lang gegenüber. In der vergangenen Stunde haben sie so unendlich viel Zuneigung und Hingabe ausgetauscht, dass eine Weiterführung oder gar eine Steigerung für sie derzeit nicht vorstellbar erscheint. Blicke sagen jetzt genug.

Heute wollen sie sich hauptsächlich die Schattenburg in Feldkirch ansehen. Die Anlage ist nahezu vollständig erhalten und beherbergt ein großes Museum. Das ist ihr Ziel. In der Burganlage befindet sich zudem ein vom Touristenführer empfohlenes Restaurant, in dem es angeblich die größten Schnitzel in ganz Vorarlberg gibt. Diese opulente Besonderheit sanktionieren beide mit einem Naserümpfen. – Dennoch wird man sie gegen 13:00 Uhr im Hof des Restaurants wiedersehen. Nicht beim Schnitzel, sondern bei einer der typischen Mehlspeisen. –

Der Vormittag vergeht wie im Flug und bis zur zweiten Lesung der Tagebücher haben sie noch etwas Zeit, die sie mit einem kleinen Spaziergang zum Hotel überbrücken. Gegen 15:00 Uhr erreichen sie die Rezeption. Es bleibt ihnen noch gerade eine Stunde Zeit bis zum Treffen bei Olli. Caroline will die Zeit nutzen, um noch einmal die Kapitel aus dem Tagebuch zu sortieren, aus dem sie vorlesen will. Küster legt sich auf ihr Bett und will ein wenig ruhen, wie er sagt.

Selbst der unbegabteste Beobachter wird erkennen, dass Küsters Blicke ganz auf Caroline fixiert sind. Caroline entgeht diese intensive Beobachtung ihrer Person nicht. Etwas genervt sagt sie in den Raum »Ruhe ist etwas ganz anderes.«

»Ich bin doch ruhig oder nicht?« gibt Küster zur Antwort. Sofort und ein wenig ungehalten erwidert sie:

»Du bist still, das stimmt. Aber du verbreitest keine Ruhe, sondern eine Spannung, mit deinem aufdringlichen Blick, der das Potential hat, die Atmosphäre aufzuladen. Ich spüre diesen Blick, auch wenn ich dich nicht ansehe. Es soll weder eine Kritik oder gar ein Vorwurf sein. Nur leidet darunter meine Konzentration. Ginge es dir nicht genauso?« Küsters feine Antennen nehmen eine aufziehende Schlechtwetterlage wahr. Es bleibt ihm nur noch der eilige Rückzug in sein Zimmer, um einem möglichen Gewitter zu entgehen.

Rücksicht selbst im Zustand großer Verliebtheit –, so will er ihr nachher sein Verhalten erklären, wenn sie überhaupt eine Erklärung für seine Flucht wünscht. Aber das wünscht sie nicht. Sie hat es auch so verstanden und würdigt sein Verhalten mit einem zarten Kuss, dem sie ein einfaches »Danke« hinzufügt.

Kapitel 9

Bei Olli ist heute Nachmittag im Vergleich zu gestern eine auffällige Spannung offenkundig. Er sitzt neben Valerie, die in ihrer bekannten Gelassenheit auf die beiden Gäste wartet. Ollis Hin- und herrutschen auf dem Ledersofa, dazu ein unproduktives Hüsteln und hippeliges Abstreifen der Hände an seiner Hose hat mittlerweile dazu geführt, dass auch Valeries Ausgeglichenheit ins Wanken kommt. Als dann, pünktlich wie versprochen, Caroline und Küster den Raum betreten, löst sich umgehend die Spannung bei Olli und fast genauso schnell bei Valerie. Im Gegensatz dazu steigt sie bei Caroline, da sie sich jetzt nicht mehr so sicher ist, ob ihr heute bei der Auswahl der Kapitel nicht doch ein oder gar mehrere Fehler unterlaufen sind. Valerie spürt die Spannung bei Caroline und versucht durch das Angebot von Kaffee und Gebäck, Carolines angenehme Lockerheit vom Vortag zurückzugewinnen. Das gelingt ihr dann auch, denn Flämisches Gebäck zählt schon immer zu Carolines Favoriten. Ohne lange Vorrede beginnt sie mit dem Tagebuch Nummer drei.

»Es umfasst etwa die Jahre von 1947 bis 1960. Die Jahre 1945 bis 1947 verliefen für die drei Geflüchteten, die bei den Bauern untergekommen waren, den Umständen entsprechend gut. Erika beschreibt darin den täglichen Mangel an Allem.«

3. März 1947

Der Winter will nicht so recht weichen. Die Versorgung wird etwas besser. Olli macht gute Fortschritte in der Schule. Anna-Maria würde auch gerne schon zur Schule gehen. Ich habe gerade eine schwere Erkältung durchgemacht. Konnte einige Wochen nicht arbeiten. Ich bin immer noch stark geschwächt. Die schlechte Ernährung! Mir geht es nicht allein so. Man hört von so vielen Toten. Auch jüngere Menschen sterben.

20. März 1947

Heute habe ich wieder gearbeitet. Es geht nur langsam aufwärts. Die Kinder sind zum Glück gesund. In den nächsten Tagen will ich wieder zum Suchdienst des Roten Kreuzes. Wie sehr ich Josef vermisse. Es kommen immer wieder Züge mit Kriegsgefangenen aus Russland an.

17. Mai 1947

Ich könnte die Welt umarmen. Heute bekam ich Nachricht vom Roten Kreuz, dass mein Josef auf der Liste des nächsten Kriegsgefangenen-Transports steht. Ankunft am 2. Juni im Lager Friedland. Ich kann aber nur ohne die Kinder dorthin. In mir herrschen Freude und Angst zugleich.

2. Juni 1947

Mit noch zwei Frauen aus Münster habe ich mich auf den Weg nach Friedland gemacht. Auf der Fahrt dorthin haben wir Drei bestimmt zusammen einen Eimer voller Tränen geweint. An der Sammelstelle konnten wir fast nicht mehr stehen, so haben uns die Beine geschlottert. Ich habe ein

großes Schild aus Pappkarton geschrieben »Dr. Josef Wal-
ther«. Mit dem Schild bin ich auf dem Sammelplatz hin
und her gegangen. Wie sollte ich ihn finden? Die Män-
ner sahen alle irgendwie gleich aus. Ich sah nur Hunger,
Elend, Leid, Traurigkeit. Sie waren doch frei, zu Hause.
Es schien so, als hätten fast alle vergessen sich zu freuen.
Dann sah ich Josef. Zuerst habe ich ihn nicht erkannt.
Zwei Kameraden stützten ihn. Als ich ihn in den Arm
nahm, konnte ich durch seine wattierte Jacke nur die Kno-
chen fühlen. Da war nichts mehr. Er muss zunächst in
Friedland in die Krankenabteilung. Ich habe kein gutes
Gefühl.

4. Juni 1947
Josef muss noch einige Zeit in der Krankenstation bleiben.
Die Ärzte sagen mir nicht, was ihm fehlt. Ein Sanitäter
glaubt, etwas von Tuberkulose gehört zu haben. Mehr kann
ich nicht erfahren. Ich habe sehr große Angst um ihn.

6. Juni 1947
Josef wird isoliert. Es besteht der dringende Verdacht auf
Tuberkulose. Ich darf nicht zu ihm. Verzweifelt fahre ich
nach Hause. Hauptsache er lebt. Er wird wieder gesund.
Ich bin mir sicher.

7. Juli 1947
Heute hat mir der Chefarzt der Krankenabteilung des La-
gers Friedland einen langen und sehr einfühlsamen Brief
geschrieben. Josef ist gegen 5 Uhr am 5. Juli verstorben. Ei-
gentlich sei er auf dem Weg der Besserung gewesen. So kam

sein Tod auch für die Mediziner vor Ort sehr überraschend,
sonst hätten sie sich vorher bei mir gemeldet.

9.Juli 1947

Heute haben wir Josef beerdigt. Sein jüngerer Bruder Seba-
stian hat den Sarg mit einem Pritschenwagen seiner Firma
abgeholt und nach Köln-Frechen gebracht. Dort haben wir
ihn im engsten Kreis zur letzten Ruhe begleitet. Auf dem
Friedhof Sankt Audomar hat die Familie Walther eine
Familiengruft. Sebastian wollte unbedingt seinen Bruder
dort beisetzen lassen. Ich bin Sebastian so dankbar für seine
Hilfe und seine Fürsorge.

Caroline macht eine kurze Pause, die so etwas von »Me-
mento mori« vermitteln soll. Dann fasst sie die folgenden
Eintragungen, die sie als nicht so wichtig erachtet, bis
November 1947 zusammen.

Sebastian Walther hat im Gegensatz zu seinem Bruder
Josef kein Studium hinter sich. Er hat erfolgreich das Fa-
milienunternehmen, eine Zahnradfabrik, weitergeführt.
Als er von Erikas Odyssee erfährt, die sie in den letzten Jahren mit den Kindern durchgemacht hat, bietet er
seine umfassende Hilfe an. Das Elternhaus, eigentlich eine
Villa, bewohnt nur er allein. Da ist genügend Platz für die
Drei, die immer noch keine Heimat gefunden haben. Im
September ziehen Erika und die Kinder dort ein. Im nahe
gelegenen Krankenhaus wird Caroline sofort eingestellt.
Olli wechselt auf eine gute Schule und Anna-Maria wird
in einem Behelfs-Kindergarten, der von Nonnen geleitet
wird, betreut. Die Zeiten werden besser.

Und jetzt kommen ein paar Eintragungen, die ganz wichtig sind, fährt Caroline fort.

12.Oktober 1947

Im Hause Walther gibt es eine Haushaltshilfe, die schon seit Jahren in einem festen Rhythmus den Haushalt des Junggesellen führt. Es ist eine liebe und unkomplizierte Frau aus der Eifel, die das Haus in Ordnung hält. Obwohl sie gut und gerne kocht, will Sebastian nur zwei bis höchstens dreimal pro Woche eine warme Mahlzeit. Irgendwie ist er schon etwas verschroben. Die Firma ist sein Ein und Alles. Ich könnte ja die Aufgabe von Irmgard übernehmen. In den kommenden Tagen will ich mit Sebastian darüber reden.

15.Oktober 1947

Sebastian kann ziemlich direkt werden. Auf meinen Vorschlag, dass man Irmgard entlassen könne, antwortet er prompt und laut, dass das auf keinen Fall in Frage käme, denn sie sei ein Teil dieses Hauses. Er wolle solch einen Vorschlag nie wieder hören, basta! Ich weiß jetzt, woran ich bin.

5. November 1947

Heute habe ich beobachtet, dass Olli immer dann in der Küche herumschleicht, wenn Irmgard dort beschäftigt ist. Ich glaube, er ist gerne ihre Küchenhilfe.

30.November 1947

Heute ist der erste Advent. Obwohl Sonntag ist, bleibt Irmgard bei uns. Um 6 Uhr am Abend sitzen wir im Ker-

zenschein beieinander. Dann bringt Irmgard einen Honigkuchen aus der Küche. Beim Austeilen sagt sie etwas verschmitzt, dass Olli den Kuchen fast allein gebacken habe. Anna-Maria ist fast aus dem Häuschen. Ich glaube, sie hat gedacht, es sei bereits Weihnachten. Sebastian kann sich nur ein trockenes »sehr schön« abringen. Für mich ist es der erste schöne Advent in Frieden.

22. Dezember 1947

Ich habe heute mit Sebastian über Weihnachten gesprochen. Er will Olli einen Märklin-Baukasten schenken, der sich schon über Jahre im Familienbesitz befindet. Anna-Maria bekommt ein Puppenhaus. Irmgard möchte, obwohl sie über die Feiertage frei hat, mit uns Weihnachten feiern. Sie liebt die Kinder, und die Kinder lieben sie.

27. Dezember 1947

Olli und Irmgard haben über Weihnachten besondere Gerichte zubereitet. Olli treibt sich in seiner Freizeit öfter beim Metzger herum. Sein Geschäft liegt nur einige hundert Meter entfernt. Er sagt, dass er dort helfen würde. Er möchte unbedingt Metzger werden. Hoffentlich ändert sich seine Gesinnung.

31.Dezember 1947

Olli hat eine Flasche Sekt organisiert. Er kennt sich mittlerweile auf dem Schwarzmarkt bestens aus. Abends sitzen Sebastian und ich lang beisammen und sprechen über das vergangene Jahr. Dann über die Zukunft. Besonders über die Kinder. Anna-Maria macht uns viel Freude. Und Olli bereitet uns Sorgen. Sebastian beklagt sich, dass der Junge überhaupt kein Interesse am technischen Spielzeug gezeigt hätte, dafür sich ewig mit Irmgard in der Küche herumtreibe. Zudem zeige er kein so großes Interesse an der Schule, aber umso mehr treibe er sich auf dem Schwarzmarkt und bei den englischen Besatzungssoldaten herum. Ich habe ihm erklärt, dass der Junge von klein auf nur Hunger und Entbehrung kennt. Seit ich ihn kenne kreisen seine Gedanken von morgens bis abends nur ums Essen und wie er etwas organisieren kann. Ich glaube, Sebastian hat das verstanden. Aber er hätte ihn sicherlich gerne als seinen Nachfolger gesehen.

Caroline faltet das Tagebuch zusammen. Nachdem sie einen Schluck Kaffee getrunken hat, nimmt sie sich ein Stück des flämischen Gebäcks und schaut in die Runde. Alle haben eine ernste Miene. Irgendwie erwartet die Runde, dass Olli jetzt das Wort ergreifen wird und es zu einer Fortsetzung der Tagebuch-Geschichten kommt. Aber da kommt nichts. Valerie wird er später gestehen, dass er viele Dinge einfach vergessen habe, oder sie nicht mehr richtig wisse. Das wäre dann nach so einer genauen Zeitreise einfach nur peinlich, wenn er unvollständige Geschichten erzählen würde. Caroline versteht sich bestens aufs Moderieren und erfasst sofort die peinliche Situation, in der sich Olli befindet. »Wie ich es gestern versprochen habe, will ich die heutige Lesung nicht so ausführlich gestalten. Die folgenden Tagebuch-Eintragungen sind auch weniger dramatisch. Erwähnenswert ist, dass Olli in der Tat eine Lehre bei diesem Metzger absolviert hat, und mit 19 Jahren eine zweite Ausbildung zum Koch in Aachen. Die Kontakte zwischen Erika und Olli werden von Jahr zu Jahr seltener. Als Olli 1988 eine Stelle als Chefkoch in einem Restaurant in Brügge annimmt, werden die Kontakte noch geringer. Anna-Maria beginnt nach dem Abitur ein Studium der Germanistik und Musik in Köln. Später wird sie Lehrerin in Leverkusen. Im Januar 2009 stirbt Sebastian Walther. Da er keine Nachkommen hat, vererbt er sein ganzes Vermögen an Erika – meine Großmutter. Und die, hat nun das Erbe an mich weitergegeben.«

Ein langes und nachdenkliches Schweigen macht sich im Raum breit. Man müsste jetzt ein anderes Thema wählen, denkt jeder im Kreis, aber keiner hat eine wirklich zündende Idee. Keiner will Olli bedrängen, etwas zu sagen, obwohl alle darauf gespannt sind. Dann ergreift Valerie das Wort.

»Heide und ihr Mann wollen hier in Feldkirch am Freitagabend zum Konzert einer schweizerischen Band gehen. Sie haben schon überlegt, ob ihr nicht mitkommen wollt. Es ist eine hier in den Alpen weithin bekannte sehr gute Band. Heide kommt mit Sicherheit noch an Karten, auch wenn das Haus schon ausverkauft sein sollte. Überlegt euch mal das Angebot. Für uns beide, Olli und mich, kommt das sowieso nicht in Frage. Wir hüten derweil die Zwillinge.« Küster schaut Caroline fragend an, »Was meinst Du? Hast du Lust darauf? Ich schon.« Sie nickt zustimmend. »Warum nicht, wäre mal was anderes. Ich kenne keine Musikgruppe aus der Schweiz.« Nach einem tiefen Einatmen beginnt Olli. »Übrigens, wie gefällt euch unsere schöne mittelalterliche Stadt? Ihr habt schon einiges gesehen. Und eine exzellente Küche gibt es hier sowieso.« Caroline ergreift sofort das Wort, da sie befürchtet, dass Küster womöglich seinen Ärger über den Besuch in der Pizzeria noch nicht ganz verdaut hat und folglich eine Beurteilung abgeben könnte, der dann gewiss die nötige Objektivität fehlen wird.

»Ganz wunderbar, besonders die Altstadt und die Schattenburg. Glücklicherweise lieben wir beide mittelalterliche Städte und Burgen. Das hatten wir eigentlich nicht erwartet. Und das, was wir gegessen haben, war wirklich sehr gut. Die Mehlspeise auf der Burg und auch die Ravioli beim Italiener am Marktplatz.«

Bevor Caroline weiter ausführen kann, fällt ihr Olli ins Wort. »Ach, das ist ja interessant. Ihr wart also bei meinem alten Freund Salvatore und dessen Kompagnon Mario, das ist der Mann hinter dem Tresen. Und es hat euch gefallen. Das sind zwei ganz nette Kerle. Wir haben immer noch oft miteinander zu tun. Glaubt ja nicht, dass es da einen Futterneid unter uns gäbe. Aber ich will euch nicht mit meinen Geschäften langweilen. Salvatore kommt aus Triest. Sein Elternhaus steht am südlichen Stadtrand von Triest und von da aus sind es nicht einmal fünf Minuten Fußweg bis zur Grenze von Slowenien. Man könnte sagen, er hat zwei Staatsangehörigkeiten. Wie er mir früher öfter erzählt hat, ist er permanent von Slowenien nach Italien hin und her gependelt, wie das dort viele tun. Dabei haben auch alle möglichen Waren die Grenzen gewechselt. Zöllner gab es auch welche, aber nur auf dem Papier. Wir haben über viele Jahre gute

Geschäftsverbindungen mit ihm gehabt. Wie es zurzeit läuft, weiß ich nicht.« (Caroline behauptet später, dass in dem Fall ihr besserer Riecher sie vor einer peinlichen Situation bewahrt hätte. Es wird eine ihrer liebsten und häufigsten Anmerkungen.)

Um keine Missstimmung aufkommen zu lassen hat sie sofort damit begonnen, die Pizzeria und ihre Küche zu loben. Sie will es aber nicht übertreiben, da ihr immer noch Küsters harsche Worte während der Heimfahrt im Gedächtnis sind. Hätte er sich anfangs beim Betreten des Lokals nicht so überzeugt positiv geäußert, dann hätte man seinen nachträglichen Ausfall, dass es sich um einen Scheißladen handele, den er nicht mehr betreten wolle, vielleicht noch verziehen. (Das war wirklich zu viel.) Aber zwischen diesen beiden doch sehr grotesken Betrachtungsweisen lagen lediglich zwei Portionen Antipasti, Ravioli und Dessert, zwei Flaschen Wein und ein Glas Prosecco. Wobei allein der Prosecco der Hauptschuldige war, dass der so harmonisch begonnene Abend gegen Ende etwas aus den Fugen geriet. Caroline kommt es nicht in den Sinn, die Geschichte weiter aufzubauschen. Anfänglich hatte sie sich über sein kindisches Verhalten, wie sie es nannte, ziemlich geärgert, aber mit zunehmendem zeitlichem Abstand konnte sie seinem Aufbrausen mehr und mehr Verständnis entgegenbringen. Seine etwas stümperhaft vorgetragene Entschuldigung, dass er einfach wie ein eifersüchtiger junger Mann reagiert habe, als er diesen Kerl, wie er den Kellner nannte, hinter dem Tresen sah, wollte Caroline nicht gelten lassen. Im Nachhinein beweist es doch, dass er zu starken Gefühlen und Ansprüchen imstande ist. Das hatte schon eine gewisse Anziehungskraft auf sie. (Das will sie ihm unbedingt heute Abend im Bett sagen. Und noch vieles mehr.)

Den späten Nachmittag und Abend wollen sie in der Altstadt und um den Markt verbringen, ein festes Ziel haben sie noch nicht. Für den nächsten Tag haben sie eine Fahrt durch Liechtenstein bis nach Vaduz geplant.

Kapitel 10

Die folgende Nacht ist erfüllt von leidenschaftlicher Zärtlichkeit und tiefer Vereinigung, sodass der Streit vom Vortag schnell aus der Welt ist. Am Morgen streift das schräg einfallende Sonnenlicht Carolines Haar, dem hierdurch ein zauberhaft glänzendes Rot verliehen wird. Küster gefallen diese roten Variationen an ihr, wie ihm im Grunde alles an ihr gefällt. (Was er öfter betont.) Für die ungefähr fünfzehn Kilometer von Feldkirch nach Vaduz brauchen sie nur knapp eine halbe Stunde. Beide sind etwas verwundert, wie klein doch das Städtchen mit seinen 5000 Einwohnern ist. Ihr erster Gang führt sie zum Schloss. Auf einem Spazierpfad erreichen sie in Kürze die Stelle am Schloss, von der aus man einen schönen Panoramablick über das Rheintal hat. Dort verweilen sie fast eine halbe Stunde. Anschließend schlendern sie einige Male durch die Fußgängerzone, die vom Regierungsviertel zum Rathaus führt. Damit haben sie genug gesehen, sagen sie sich. Alles sehr teuer und zudem als Zahlungsmittel Schweizer Franken. (Die sie nicht haben, und erst noch wechseln müssten.)

Gegen 16 Uhr fahren sie wieder zurück nach Feldkirch. Caroline hat gestern in einem Modeladen einen Blazer gesehen, in den sie sich verliebt hat. Heute will sie ihn kaufen. Es dauert keine Stunde und der Kauf ist getätigt. Zum Abschluss wollen sie noch in einem Café einkehren. Als sie durch eine wenig belebte Seitenstraße gehen, kommt ihnen in einiger Entfernung ein junges Mädchen, Küster schätzt es auf sechzehn Jahre, entgegen. Unmittelbar hinter ihr hat sich ein Trio von ziemlich schrägen Typen aufgebaut, die ihr immer wieder bedrohlich nahekommen und sie bedrängen. Küster beobachtet die Szene schon von weitem. Als sie sich auf etwa zehn Meter nähern, ruft Küster den Dreien zu: »Jetzt ist aber Schluss mit eurer Unverschämtheit. Drei Männer und dann auch noch gegen ein einziges Mädchen. Ihr Feiglinge!« Sofort lassen die drei von der jungen Frau ab, um sich jetzt in voller Aggression Küster zuzuwenden. Noch bevor er seinen Dienstausweis als Polizist herauskramen kann, obwohl er weiß, dass er in Österreich keine Befugnis hat, versetzt ihm der erste, ein echtes Schwergewicht, einen derart massiven Stoß, dass Küster das Gleichgewicht verliert. Er torkelt nach hinten, stolpert über einen erhöhten Pflasterstein und fällt dadurch rückwärts auf das Trottoir. Dabei schlagen sein Kopf und die Halswirbelsäule auf die Bordsteinkante auf. Küster bleibt bewusstlos liegen. Die drei Typen drehen sich kurz um und verschwinden dann im Laufschritt. Caroline, völlig schockiert, kann nichts mehr sagen oder rufen. Die junge Frau, die von den drei Jugendlichen belästigt wurde, hat sich als Eva Pontius vorgestellt. Sie hat sofort die Rettung und die Polizei über ihr Handy angerufen. Derweil kniet Caroline neben Küster und hält seinen Kopf.

Nach noch nicht einmal zehn Minuten, die Caroline wie eine Stunde vorkommen, erscheinen fast gleichzeitig ein Rettungswagen und ein Streifenwagen der Polizei.

Die Rettungsassistenten untersuchen den Schwerverletzten kurz, laden ihn ein und fahren sofort los. Caroline erlauben sie die Mitfahrt ins Landeskrankenhaus. Eva Pontius schildert den Polizisten den ganzen Tathergang. Über Funk leiten diese sofort eine Nah-Fahndung ein. Einen Tag später werden die drei Junkies festgenommen. Es sind polizeibekannte Kleinkriminelle. Nach der Vernehmung werden sie wieder auf freien Fuß gesetzt. »So, und nicht anders, hätte Küster auch verfahren«, sagt sich Caroline, als sie in den nächsten Tagen die Nachricht von der Polizei erhält.

Von den Ärzten erhält Caroline bereits wenige Stunden, nachdem Küster im Krankenhaus eingeliefert wurde, die Nachricht, dass die tiefe Bewusstlosigkeit auf eine schwere Gehirnerschütterung zurückzuführen ist. Was den Medizinern aber größere Sorgen bereitet, ist der Röntgen-CT-Befund der Halswirbelsäule. Hier sehen sie eine Knöcherne Absplitterung am fünften Halswirbelkörper. Der Knochensplitter ist in das Rückenmark eingedrungen und hat zu einer Verletzung geführt, die zu einer Tetraplegie führen kann. Behutsam versucht einer der Ärzte, Caroline den CT-Befund und den Begriff einer möglichen Tetraplegie zu erklären. »Es ist eine komplette Lähmung ab dem Halsansatz nach unten. Er wird wahrscheinlich beide Beine und Arme nicht mehr bewegen können. Wir können in einer OP den Knochensplitter entfernen, und somit das Rückenmark entlasten. Dann bleibt uns nur die Hoffnung, dass sich vielleicht halbwegs intakte Nervenbahnen wieder erholen. Man muss abwarten.«

Caroline, die sachkundig genug ist, um zu wissen, was eine Tetraplegie ist, ringt um Fassung. Eine Mischung aus Wut, Verzweiflung und Ratlosigkeit macht sie aggressiv, und, obwohl es nicht ihre Absicht war, (wie sie später behauptet) wirft sie dem Oberarzt entgegen:

»Sie müssen mich nicht wie das Dummchen vom Lande behandeln. Ich bin Doktor der Biologie und befasse mich seit Jahren mit den Problemen der kompletten Regeneration bei Tieren. Dabei haben wir auch experimentell Tetraplegien hergestellt. Also versuchen sie mich nicht zu belehren.« Dann holt sie tief Luft und kurz danach kommt ein knappes »Entschuldigung! Aber die ganze Sache hat mich doch sehr gestresst.«

Vorübergehend war Carolines liebenswürdiger Charme dem einer abweisenden Kratzbürste gewichen. Der Neurochirurg muss sich offenbar öfter solche Entgleisungen anhören, denn er bleibt ruhig. Lange verharren sie im Schweigen. Dann fasst er ihre Hand und sagt im sanften Ton: »Schon gut, ich verstehe sie ja vollkommen. Uns sind diese Reaktionen nicht fremd. Im Grunde warten wir schon auf solche Regungen.«

Die Operation verläuft ohne Probleme. Der Knochensplitter kann komplett entfernt werden. Von jetzt an heißt es abwarten. Küster ist immer noch ohne Bewusstsein.

Als Caroline, Olli und seine Familie von dem Unfall mit seinen Folgen unterrichtet, befällt alle eine tiefe Betroffenheit. Bei Olli kommen noch Wut und Aggression hinzu, die er laut herausschreit.

»Es sind doch immer wieder diese Dreckskerle, ob

rechts, ob links, ganz egal. Dass sich doch immer wieder das Schlechte durchschlagen will. Auch unsere kleine, ganz persönliche Geschichte hat das Potenzial, sich zu wiederholen.«

Nach einer längeren Pause, die keiner unterbrechen will, kramt Olli in einer der Schreibtischschubladen. Niemand kommt auf die Idee zu fragen, wonach er da sucht, denn sein Schreibtisch ist – »wie die Bundeslade« – wie er das Möbelstück gerne umschreibt. Valerie mag diese Bezeichnung überhaupt nicht, denn sie sei eine Art Blasphemie und zudem eine Herabwürdigung des jüdischen Glaubens, wettert sie oft. Olli sieht das nicht so. (»Mit Religionen habe ich nichts am Hut«, beteuert er oft.)

Endlich zieht er aus einer abgegriffenen Ledermappe ein braunes Kuvert hervor, das zahlreiche Fettflecken aufweist. Er begutachtet den Umschlag etwas unbeholfen, dann reicht er ihn an Caroline. »Bitte! Darin befinden sich zwei Briefe deiner Großmutter Erika, die sie als junges Mädchen 1935 und 1936 an ihre Mutter geschrieben, aber nie abgeschickt hat. Ich habe diese Briefe mit anderen Dokumenten 1945, als es so viele Bombenangriffe gab, von Erika bekommen, damit ich sie in meinem blechernen Gasmasken-Tornister aufbewahre. Hier waren sie, wie mein Notvorrat an Essen, vor Nässe, Feuer, Ratten und Mäusefraß sicher. Später hat sie nie mehr nach dem Kuvert gefragt. Ich habe die Briefe irgendwann aus Neugier gelesen und bei mir aufbewahrt, denn in den Briefen gab es eine Erika, die ich nicht kannte, die ich aber liebte und verehrte. Und jetzt,

Caroline, wiederholt sich die Geschichte wieder an dir. Bitte lies zunächst den ersten Brief.

München, den 20. März 1935

Liebe Mami,

ich bin so glücklich. Heute habe ich zum wiederholten Mal einen jungen Physikstudenten getroffen. Er heißt Vitus Haller und kommt aus Cham. Wir waren heute wieder im Botanischen Garten. Dort treffen wir uns gerne und wir freuen uns schon auf den nahenden Sommer. Dann können wir hier im Gras nebeneinander liegen, und von der Liebe träumen.

Liebe Mami, ich glaube, ich habe mich recht stark in den Vitus verliebt.

In Liebe Deine Erika.

Danach liest Caroline den zweiten, deutlich längeren Brief.

München den 10. Februar 1936

Liebe Mami,

lange habe ich gezögert, Dir zu schreiben. Es sind so schlimme Dinge passiert, die ich bis heute nicht begreifen kann. Ich weiß nicht, ob ich Dein schwaches Herz damit belasten kann. Aber irgendwie muss ich meiner Trauer, meiner Wut und meiner Verzweiflung über so manche Menschen Luft verschaffen. Menschen, die von sich behaupten, dass sie uns führen wollen! Ich will dir kurz schildern, was passiert ist.

Vor etwa drei Wochen waren Vitus und ich auf dem Weg

zu einer Faschingsveranstaltung in der Mensa der Universität. Es sollte unser erster gemeinsamer Fasching sein, auf den wir uns sehr gefreut hatten. Unterwegs begegnete uns ein junges Mädchen, das ebenfalls auf dem Weg zur Uni war und sich als Rotkäppchen verkleidet hatte. In ihrem Körbchen hatte sie unter anderen Dingen eine Flasche Rotwein, aus der sie schon einiges getrunken hatte. Somit war sie leicht beschwingt, wie man sich denken kann. Tänzelnd traf sie auf eine Gruppe von sechs SA-Leuten. Mehr singend als laut redend, bot sie den sechs Männern den offiziellen Deutschen Gruß. Dabei schwenkte sie den rechten Arm und rief »Heil Hitler«. Das war ihr Fehler, durch den das nachfolgende Verhängnis ausgelöst wurde. Die linientreuen SA-Männer sahen darin eine Herabwürdigung des Hitlergrußes. Um gerade solche Herabwürdigung zu vermeiden, hatte der Bayerische Innenminister Herrmann Esser kurz zuvor verfügt, dass in der Faschingszeit der sonst übliche Gruß ersetzt wird durch eine Handauflegung der rechten Hand aufs Herz. Das war es wohl, was man der jungen Frau zeigen wollte, als einer der Männer ihr lange und fest an die Brust gegriffen hatte. Sie hatte um Hilfe gerufen. Meinen Vitus musste ich gar nicht erst bitten, der jungen Frau zu helfen. Sofort schritt er ein. Dann kam es zu einer schlimmen Keilerei zwischen der SA und meinem Vitus. Am Ende war mein Liebster so schwer verletzt, dass er auf dem Weg in die Klinik verstarb. Seine Zivilcourage hat er mit dem Leben bezahlt. Gegen die sechs SA-Männer wird bis heute nicht ermittelt. Es sind mittlerweile fast fünf Wochen vergangen. Der Gerichtsmediziner hat klar beschrieben, dass die zum Tode führenden Verletzungen

nicht von einer einfachen Schlägerei stammten, sondern
dass hier schwerste Misshandlungen die Ursache waren —
wie zum Beispiel Tritte gegen den Kopf und den Brustkorb.
Mehr will ich dazu nicht schreiben.

Liebe Mami, ich bin so tieftraurig und habe große Angst
vor der Zukunft. Deine Erika.

Dann faltet Caroline den Brief zusammen. Die Betroffenheit aller hat dazu geführt, dass sich eine große Stille breitmacht. Olli versucht, ein Gespräch in Gang zu bringen, aber daraus wird nichts. Er stammelt wiederholt nur »Entsetzlich«. Die schlechtsitzende Gebiss-Prothese verhindert zudem eine klare und deutliche Aussprache, sodass die nachfolgenden Worte nicht ganz zu verstehen sind. Lediglich das Wort »Sau« kommt mehrmals deutlich heraus.

Caroline kennt zwar die Geschichte von Vitus und seinem tragischen Ende, da Erika sie oft erzählte, aber von den Briefen wusste sie nichts. Sie will die Umstände in dieser Zeit noch etwas ergänzen, da sie sich sicher ist, dass die Runde nur wenig über Erikas Werdegang in diesen Jahren weiß. Wie sehr Erika unter diesen Ereignissen von 1935 und 1936 gelitten hatte, erkennt man daran, dass sie den traurigen Ausgang ihrer ersten großen Liebe fast bei jedem Treffen mit Caroline ausgiebig thematisierte.

»Erika hatte im Wintersemester 1933 ein Medizinstudium an der Universität in München begonnen. Sie zeigte sehr gute Leistungen. 1935 kam ihr Vater bei einem Chemie-Unfall im Labor ums Leben. Er war ein bekannter Diplomchemiker. Im Frühjahr 1936 verstarb Erikas Mutter an einem Herzschlag. Da Erika jetzt ohne Eltern und somit auch ohne finanzielle Mittel dastand, musste sie im fünften Semester das Studium abbrechen und wurde daraufhin Krankenschwester. Schon bald musste sie in einem Feldlazarett an der Ostfront Dienst tun. Irgendwann in dieser Zeit lernte sie dann ihren späteren Mann, den Oberstabsarzt Dr. Josef Walther, kennen.

Über eine Begebenheit, die sie mir mehrmals berichtet hat, will ich doch noch erzählen. Es war kurz nach ihrer Hochzeit 1942. Beide taten Dienst in einem Feldlazarett in der Kalmücken-Steppe. Nicht weit von der Stadt Elista entfernt. Eines Tages kam einer der Sanitäter, ein Mann aus Kärnten, zu Josef Walther und erzählte ihm, was er soeben für entsetzliche Dinge gehört habe, als sich zwei verwundete Landser unterhielten, wobei der eine, ein SS-Unteroffizier, sich damit brüstete, wie er und seine fünf Kameraden, alle damals noch in der SA, zu Fasching in München, einen mal so richtig auseinandergenommen hätten. Dieser Student – dieser Idiot, wie er ihn bezeichnete – glaubte doch wirklich, dass er sich mit uns anlegen könne. Das sei ihm nicht gut bekommen. So habe er triumphierend gesagt.

Bei dem Sanitäter, der öfter mit Erika Dienst tat, und dem sie irgendwann einmal die Geschichte mit ihrem Vitus und den SA-Leuten erzählt hatte, läuteten die Alarmglocken, als er dies hörte. Sofort setzte er dann Erikas Mann, den Oberstabsarzt Dr. Walther davon in Kenntnis. Daraufhin untersucht er diesen SS-Unteroffizier unter einem Vorwand noch einmal. Kurz danach führte man diesen durch die Feldgendarmerie ab. Er wurde zu einer Kompanie abkommandiert, die mit der Minenräumung beauftragt war. Bereits nach vier Tagen starb er den Heldentod im Minenfeld. Laut Dr. Josef Walthers Gutachten war die Verwundung des SS-Unteroffiziers ein sogenannter Heimat-Schuss. So bezeichnete man damals die selbst herbeigeführte Schussverletzung, mit der sich diese Soldaten weiteren Kampfhandlungen entziehen wollten. Diese Feigheit vor dem Feind wurde nicht selten mit Erschießung geahndet. Somit hatte er doch noch eine, wenn auch geringe, zweite Chance im Minenfeld gehabt. Ansonsten hat sie über die Zeiten, ihre Arbeit und den Zuständen in den Kriegslazaretten nichts niedergeschrieben. Hätte man die Aufzeichnungen gefunden, so wären sie schnell als Wehrkraftzersetzung gewertet worden. Die Konsequenz wäre vielleicht das KZ gewesen. Den weiteren Weg auf der Flucht hatte ich bereits aus ihren Tagebüchern vorgelesen. So viel von meiner Großmutter Erika. Sie war in der Tat eine erstaunliche Frau.«

»Die Briefe gehören natürlich dir«, sagt Olli an Caroline gerichtet. Valerie schluchzt und weint, dann schüttelt sie nur den Kopf. Sie sagt etwas, was aber niemand versteht. Keiner will nachfragen

Kapitel 11

Seit zehn Minuten ist Küster aus dem Koma erwacht. Wie versprochen hat Schwester Ursula aus dem Landeskrankenhaus Caroline sofort darüber informiert. Sie ist derart aufgeregt, dass sie in ihrem starken Appenzeller Akzent spricht, den auf Anhieb aber nur ihre Sippe versteht. Als Caroline auf der Intensivstation ankommt, ist die junge Schwester noch ganz aus dem Häuschen. Spontan umarmt sie Caroline und drückt sie. Offenbar hat sie bisher in ihrer erst kurzen Ausbildung noch nie so eine Wiederauferstehung erlebt. (So, zumindest hat sie das Ereignis später immer wieder beschrieben.) Die beiden anderen Stationsschwestern sind da abgeklärter und ruhig. Bevor Caroline das Intensivzimmer betritt, will der Oberarzt noch ein paar wichtige Dinge mit ihr bereden. Er erklärt ihr, dass man Küster noch nicht ausführlich über seinen Zustand informiert habe. Sie würden ihm in Kürze das Krankheitsbild langsam und schonend beibringen. Und auf keinen Fall darf man ihn endgültig aller Illusionen berauben. Caroline wäre auch selbst nicht so unvernünftig gewesen. (Diese Belehrung findet sie überflüssig, aber sie will sich nicht erneut mit dem Mann anlegen –, sagt sie später.)

Als sie das Zimmer betreten, geht Küsters Blick sofort zu Caroline. Sogleich zeigt der Überwachungsmonitor an, wie seine Herzfrequenz schlagartig nach oben geht. Er wird unruhig und atmet schwer. Caroline beugt sich über sein Gesicht und küsst ihn zart auf die Stirn und anschließend auf den Mund. Dann flüstert sie: »Wie froh bin ich, dass du wieder wach bist. Du darfst den Kopf nicht bewegen. Sie haben dich an der Halswirbelsäule operiert. Man hat dir einen Knochensplitter aus dem Rückenmark entfernt. Dass du derzeit weder Arme noch Beine bewegen kannst, liegt daran. Aber wir alle sind zuversichtlich, dass sich das wieder geben wird. Wir brauchen nur viel Geduld. Aber ich bin sicher, du schaffst das.«

Von den Umgebenen unbemerkt trocknet Caroline Küsters Tränen.

Verständlicherweise überfordert mit der schwierigen Situation flachsen sie eine Zeitlang unbeholfen miteinander, bis Küster vor Erschöpfung einschläft. Caroline bleibt bei ihm am Bett sitzen. Sie ist sich sicher, dass er ihre Nähe spürt, auch wenn er tief schläft. Als sie sich nach einiger Zeit im Zimmer umschaut, überfällt sie eine Mischung aus Angst und Zuversicht. Die vielen Monitore, Infusionen, Schläuche, all dies lässt auf eine sehr ernste Lage schließen, in der sich Anton Küster befindet. Aber die aufwendige Medizintechnik vermittelt auch eine Zufriedenheit, da offensichtlich große Anstrengungen gemacht werden, ihn nicht nur am Leben zu halten, sondern auch, um etwaige Komplikationen zu vermeiden.

In den kommenden Tagen verbringt Caroline viele Stunden an seinem Bett. Manchmal bereden sie einfach nur Belangloses. Nach gut zwei Wochen wird die Krankengymnastik intensiviert, da die Fraktur des Halswirbelkörpers jetzt so weit stabil sei, sagen die Ärzte. Küster kann keine Veränderung an seinem Zustand feststellen, wird zunehmend ungeduldig und manchmal auch zornig. Als Caroline eines Nachmittags mit der Nachricht kommt, dass sie, dank eines befreundeten Neurologen, einen Platz in einer sehr guten Reha-Klinik in Deutschland gefunden hat, bessert sich Küsters Stimmung. Die Klinik ist etwas mehr als 200 Kilometer entfernt. Da der Transport mit einem Hubschrauber schneller und schonender ist, entschließt man sich zu einer Verlegung mit dem Rettungshubschrauber für den nächsten Tag.

Am Abend vor der Verlegung hat sich Olli mitsamt seiner Familie aufgemacht, um sich von Küster zu verabschieden. Später wird man sagen, dass sie allesamt nicht viel gesprochen, aber dafür fast einen Eimer voller Tränen geweint hätten.

Nach einer halben Stunde Flugzeit landet der Rettungshubschrauber mit Küster auf dem Landeplatz der Reha-Klinik.

Als die Eingangsuntersuchung abgeschlossen ist, bespricht die Oberärztin Frau Dr. Baum den geplanten Reha-Verlauf mit ihm. Küster und auch Caroline sind sicher, dass sie hier in einem kompetenten Zentrum sind, und sie schöpfen Zuversicht. Nach mehr als zehn Wochen Reha-Maßnahmen hat sich außer der Stabilisierung der Kreislaufverhältnisse und der Verdauung nicht mehr getan. Küster fällt in die schwerste Depression, die er je erlebt hat.

Mittlerweile ist Sommer, überall präsentiert sich eine

Blütenpracht, Kinder mit ihren Eltern tummeln sich im Park der Klinik. Küster, eingezwängt in seinen speziell angefertigten Rollstuhl, (so beschreibt er öfter seine Situation) sieht das alles.

Nicht einmal die Fliege, die um ihn herumschwirrt und sich hin und wieder auf seinen Kopf setzt, kann er verjagen. Er, der früher keine Probleme hatte, sich mit echten Grobianen anzulegen, wird jetzt von einer nicht einmal fünf Gramm schweren Fliege bis zur Weißglut tyrannisiert, und er kann sich nicht dagegen wehren. So kann und will er nicht mehr leben. Und wenn Caroline ihm auch noch so oft sagt, dass sie ihn liebt, und seine Behinderung für sie nicht das Problem sei. Im Geist seien sie doch so tief miteinander verbunden. (Sie vermeidet bewusst das Wort Seele, das scheint ihr in dem Fall doch sehr hochtrabend, aber es wäre das richtige Wort – sagt sie sich später). Über das Finanzielle müsse er sich keine Gedanken machen. Geld sei genügend da. Sie könnten problemlos ein behindertengerechtes Haus bauen. Vielleicht könne sie eine Teilzeit in einem Labor erhalten. Küster hört all diese Vorschläge. Sie erreichen zwar sein Ohr, aber leider nicht mehr sein Innerstes.

Es ist wieder einmal ein warmer, klarer Sonnentag, keine Wolken trüben den Himmel und ein leichter Südwest-Wind erfrischt die beiden etwas. Eigentlich eine wunderbare, erholsame Atmosphäre auf der Terrasse. (Denken beide, aber keiner spricht es aus.) Küsters Stimme ist gebrochen und nur schwer verständlich, »Caroline ich habe eine sehr große und schwere Bitte an dich. Glaub mir, das, was ich dir jetzt sage, habe ich lange – sehr lange – überlegt. Ich denke, dass sich keiner in meine Situation versetzen kann. Hilf mir, diesen elenden Zustand, den ich wirklich nicht mehr als Leben bezeichnen will, so schnell wie möglich zu beenden«. Dann macht er eine längere Pause. Es folgt jetzt mehr ein Schluchzen als ein normales Sprechen. »Ich bin nur noch ein Klumpen aus unbeweglichem Fleisch und Knochen, der irgendwann einmal in Fäulnis übergehen wird. Schon jetzt strapaziere ich täglich Pfleger und Schwestern bis an deren Grenze. Mehr und mehr sehe ich in ihren Augen, dass aus ihrer anfänglichen Anteilnahme mittlerweile der Wunsch geworden ist, der sagt »hoffentlich ist das bald alles vorbei«. Ich verstehe sie gut. Sie müssen diesen Wunsch nicht aussprechen. Irgendwann werde ich diesen Blick auch in deinen Augen sehen. Verzeih mir bitte. Ich wollte dich nicht verletzen. Selbsttötung ist in Deutschland nicht strafbar, somit ist auch die Beihilfe zum Selbstmord straffrei.« Caroline, die eigentlich seit einiger Zeit diesen Dialog erwartet und noch mehr befürchtet, ist tief betroffen und schweigt. Nach einer langen Pause antwortet sie mit zittriger Stimme: »Zum einen versuche ich dich zu verstehen, wenn das überhaupt möglich ist. Zum anderen bitte ich dich, auch mich zu verstehen. Ich möchte dich nicht verlieren. Das klingt sehr egoistisch, ist es wahrscheinlich auch, aber spürst du denn nicht darin meine ganz tiefe Liebe und Zuneigung. Dein Kopf und deine Seele sind doch noch intakt. Das ist mir an dir so wichtig. Meine Gedanken mit dir auszutauschen und Küssen geht ja auch noch und genauso wild wie vor Monaten. Wenn ich dir wirklich helfen sollte, diesen letzten Weg zu gehen, so wäre in unserem Fall diese Handlung juristisch gesehen ganz klar ein Töten auf Verlangen, und das ist in Deutschland strafbar. Es wäre keine Beihilfe zur Selbsttötung, wie du meinst. Abgesehen davon, wie sieht es mit meiner ganz persönlichen Schuld aus? Ich muss vor mir selbst bestehen. Bestimmt besteht darin die Größe der Liebe, dass man den anderen gehen lassen kann, wenn er am Ende ist. Aber muss ich da noch als Scharfrichter in Erscheinung treten?« Ihre Gemeinsamkeit scheint vorbei, das ahnt er, nur sie noch nicht. Und das leidenschaftliche »Ich liebe dich« wird bald von einem abgemagerten »Ich mag dich« abgelöst werden. (So denkt er immer öfter.) In der kommenden Nacht, Caroline schläft in seinem Zimmer, machen beide kein Auge zu. Sie weinen still vor sich hin. Keiner will den anderen stören. In ihren Blicken würde man Verzweiflung und Schwermut erkennen, hätte nicht die Nacht ihren lindernden Schleier der Dunkelheit über sie entfaltet.

Kapitel 12

Am nächsten Morgen ist Caroline intensiv mit Telefonaten beschäftigt. Die ersten Gespräche führt sie ausführlich mit Kolleginnen und Kollegen aus der Axolotl-Forschung, an der sie seit Jahren mitarbeitet. Sie erkundigt sich, wie weit die Entwicklung, auch in anderen Zentren, gediehen ist, um verletztes Rückenmark wieder zu regenerieren, so wie es der Axolotl vermag. Dann erfährt sie, dass man an verschiedenen Wirbeltieren bereits gute Erfolge gesehen habe, aber der Schritt zur Anwendung am Menschen noch ausstehe. Da gäbe es neben großen biologischen Hindernissen zudem ethische Bedenken. Die langen und sehr ausführlichen Telefonate mit den Kollegen haben sie derart beflügelt, dass sie umgehend ihren Freund in der Klinik in der Tschechei anrufen muss. Ihm berichtet sie über Küsters Verletzung und dessen jetzigen Zustand. Nach einer kurzen Pause wagt sie den Vorstoß, ihm ihre Gedanken vorzutragen. Mittlerweile ist sie von der Vorstellung besessen, dass man bei Küster einen Therapieversuch wagen sollte, die zugrunde gegangenen Nervenzellen zur kompletten Regeneration anzuregen. Sie wolle sich spätestens übermorgen wieder bei ihm melden.

Als sie Küster ihre Absichten erklärt, dass sie bereits mit wichtigen Leuten, wie sie sagt, lange telefoniert habe, ist dieser gleich in besserer Stimmung. Sicher könne er sich an den Axolotl erinnern, antwortet er spontan. Zudem seien ja auch Erinnerungen an eine schöne Zeit damit verbunden. Dann will er unbedingt mehr über diesen geplanten Therapie-Versuch wissen. Caroline ist aufgeregt, denn sie muss ihm diese für einen Laien schwierigen Zusammenhänge verständlich erklären. »Wie du ja weißt, sind aufgrund deiner Wirbelsäulenverletzung die Nervenbahnen im Rückenmark so stark geschädigt, dass die Nervenimpulse, damit meine ich die Befehle, von deinem Gehirn nicht mehr zu Armen und Beinen weitergeleitet werden. Ich will es mit einem simplen Vergleich erklären. Wenn beispielsweise jemand ein Telefonkabel durchtrennt, haben wir den gleichen Sachverhalt. Man kann reden so viel und so laut man will, am anderen Ende kommt nichts an, solange die Unterbrechung nicht repariert wird.

Dem Axolotl kann man gänzlich ein Bein oder einen Arm abtrennen, dann kann er innerhalb weniger Wochen den abgetrennten Köperteil wieder vollständig nachwachsen lassen. Ganz erstaunlich, auch die Nervenbahnen bildet er neu. Somit ist er komplett wiederhergestellt. Diese Besonderheit besitzt nur er, als einziges Lebewesen auf dem Planeten.

Erste Versuche, Querschnittsgelähmte zu therapieren, haben die US-Amerikaner in einer Spezialklinik in Atlanta im Jahr 2010 unternommen. Sie haben dabei einen Versuch mit embryonalen Stammzellen an fünf Querschnittsgelähmten gewagt. Dabei haben sie diese Zellen in das Rückenmark der Patienten transplantiert. Man hat mit der Veröffentlichung vier Jahre lang gewartet, da niemand wusste, ob nicht doch diese embryonalen

Stammzellen eine Krebserkrankung auslösen könnten. Bei den anschließenden Nachuntersuchungen fanden sich keinerlei Anzeichen von Krebs. Aber ganz vom Tisch ist das Thema immer noch nicht. Zu den embryonalen Stammzellen ist Folgendes zu sagen. Es handelt sich dabei um Zellen, die aus Embryos gewonnen werden. In Deutschland und in manchen Ländern der EU sind Arbeiten und Forschungen mit diesen Zellen streng verboten. Diese Zellen sind im Vergleich zu Erwachsenen-Stammzellen äußerst wachstumsfreudig. Die Amerikaner wollten eine starke Vermehrung der Nervenzellen erreichen. Das war auch der Grund, warum sie sich für den Versuch mit embryonalen Stammzellen entschieden haben. Leider muss man sagen, dass alle fünf Patienten an den Rollstuhl gefesselt blieben. Zumindest sei der weitere Verfall des Rückenmarks verlangsamt worden. Aber in anderen Bereichen hat man eine ähnliche Therapie versucht. So hat man Versuche bei Erblindungen durch Macula-Degeneration, Typ-I-Diabetes und auch bei Koronarer Herzkrankheit unternommen. Die ersten Ergebnisse sind bei diesen Krankheitsbildern sehr vielversprechend.

Wir, damit meine ich meine Arbeitsgruppe in Dresden und ich, die sich mit dem Regenerations-Phänomen des Axolotls bei der Durchtrennung des Rückenmarks intensiv beschäftigen, haben diese amerikanischen Arbeiten sehr sorgfältig gelesen. Es scheint wirklich so zu sein, dass es eines gezielten Impulses bedarf, dass sich die Nervenzellen wieder teilen und wachsen. Einfache Stammzellen sind dazu nicht in der Lage.

Im Forschungszentrum für Regenerative Therapien in Dresden haben wir, nachdem wir den Abschnitt aus dem Erbmerkmal des Axolotls gefunden haben, der für die Regeneration verantwortlich ist, diesen kopiert und als m-RNA hergestellt. Stammzellen, die jetzt diese Information enthalten, können nun den Regenerationsprozess einläuten. Wir haben in Dresden nur Erwachsenen-Stammzellen verwandt. Diese haben wir im Labor verändert. Etwa fünfzehn Kilometer hinter der Grenze zu Tschechien in Teplice, gibt es eine große Klinik, in der mein Freund Milan Kucera arbeitet. Er hat dort die gleichen Versuche wie wir, allerdings mit Embryonal-Stammzellen durchgeführt. Das ist dort erlaubt. Milan ist ein absoluter Spezialist in der Injektion dieser Stammzellen ins Rückenmark. Ich glaube, er hat das an etwa hunderten von Mäusen erfolgreich praktiziert.

Milan hat mir versprochen, bei dir, deine körpereigenen Stammzellen zu übertragen. Die Stammzellen werden aus deinem Fettgewebe gewonnen, und man wird auf diesen dann die bestimmte Teil-Erbinformation des Axolotls übertragen. Erst dadurch sind sie in der Lage, die Regeneration in Gang zu setzen. Ich hoffe, du hast das schwierige Unternehmen in etwa verstanden. Es ist nicht so einfach zu erklären. Unser Therapieansatz ist ein besserer Versuch als der, den die Amerikaner 2010 gestartet hatten. Als Wissenschaftlerin bin ich zuversichtlich und als Mensch völlig aufgedreht. Küster hat aufmerksam zugehört. Nach kurzer Überlegung stimmt er dem Vorhaben zu. »Bei diesem Gang habe ich nichts mehr zu verlieren«, sagt er. »Das wird ein großes Wagnis, von dem wir den Ausgang nicht kennen. Aber ich habe schon wieder den Kopf voller Pläne«, antwortet Caroline und küsst ihn leidenschaftlich. »Und vergiss den Olli nicht!«, antwortet er leise. »Schon geschehen«, gibt sie ihm zur Antwort.

Über den Autor

 **Hans Werner Karch** geboren 1949 in Kirn/Nahe.
1969 Abitur am dortigen Gymnasium. Nach seiner Wehrdienstzeit studierte er von 1971 bis 1977 Medizin an der Universität Mainz. Nach dem Studium Tätigkeit in verschiedenen Kliniken. Ausbildung zum Facharzt für Innere Medizin mit dem Schwerpunkt Gastroenterologie und Notfallmedizin. Von 1985 bis 2014 praktizierte er als niedergelassener Internist an seinem Geburtsort. Er befindet sich seither im Ruhestand und lebt mit seiner Frau und vielen Tieren auf dem Land in der Nordpfalz. Neben wissenschaftlichen Veröffentlichungen während seines Berufslebens schreibt Hans Werner Karch jetzt Romane, Erzählungen und Kurzgeschichten.

Bisher erschienen

»Niemals eine Frage der Zeit«
Roman erschienen 2017
ISBN 978-3-7431-6164-1

»Sturmvogels Tod«
Kriminalroman erschienen 2017
ISBN 978-3-7448-1520-8

»Hannes der Mäuserich«
Ein Kinderbuch erschienen 2018
ISBN 978-3-7528-8292-6

»Deutsche Tage«
Historien Roman erschienen 2019
ISBN 978-3-7482-5959-6

»Der Frack des Hornisten«
Erzählungen erschienen 2020
ISBN 978-3-3470-3753-3

Der Salamander Ambystoma mexicanum (Axolotl)